Universale Economica Feltrinelli

CRISTINA COMENCINI

IL CAPPOTTO DEL TURCO

Feltrinelli

Prima edizione ne "I Narratori" gennaio 1997
Prima edizione nell'"Universale Economica" settembre 1998

ISBN 88-07-81508-7

a Matteo adorato

Ed ecco ce ne andiamo come siamo venuti
arrivederci fratello mare
mi porto un po' della tua ghiaia
un po' del tuo sole azzurro
un po' della tua infinità
e un pochino della tua luce
e della tua infelicità.
Ci hai saputo dire molte cose
sul tuo destino di mare
eccoci con un po' più di speranza
eccoci con un po' più di saggezza
e ce ne andiamo come siamo venuti
arrivederci fratello mare.

NAZIM HIKMET Varna, 1951

PROLOGO

Otto rampe di scale senza ascensore. Le scarpe lucide dell'uomo dell'agenzia affrontano i gradini con decisione. Lo seguo senza parlare. Mi decanta il silenzio della strada, gli inquilini altrettanto taciturni e riservati. Al quinto piano la sua voce si affievolisce, spezzata dall'affanno.

"L'appartamento – la stanza per meglio dire – è stato costruito sulla terrazza condominiale, ha un'unica finestra da cui si vede il parco, c'è un piccolo bagno e una cucina attrezzata, forse a lei non serve la cucina?" mi chiede all'improvviso, senza fiato, voltandosi e rallentando il passo.

"No, non mi serve."

Riprende a salire.

"Comunque c'è. La stanza, vedrà, è piena di sole."

Altre parole non ne può dire perché il fiato gli va via del tutto. L'ultima rampa la affrontiamo nel silenzio scandito dal rintocco dei nostri passi, dei nostri respiri.

Davanti alla porta chiusa, cercando la chiave, mormora le ultime parole.

"Io penso che sia l'ideale se ci deve scrivere, come mi ha detto."

"La prenderei solo per un anno."

Chissà perché gli ho detto a cosa mi serviva. Non volevo si immaginasse che cercavo una garçonnière. Per questo mi sono affrettata anche ad aggiungere che sono sposata, ho dei figli e non posso spendere molto. Come sono diventata impacciata, tutto mi impaurisce, ogni novità mi fa venire le palpitazioni. La vita mi sembra piena di pericoli, di minacce nascoste, di estranei da affrontare. Non sono mai stata molto coraggiosa, neanche da bambina, ma allora c'era lei accanto a me.

L'uomo ha aperto la porta. Nell'oscurità distinguo solo le pareti bianche di una stanza piccola, quadrata, con il pavimento di legno. La poca luce filtra dalle imposte chiuse dell'unica finestra. L'uomo la spalanca.

"Per ora c'è solo questo tavolo, ma il padrone di casa è disposto ad arredarla come vuole: un divano, una libreria, un letto."

"Non voglio nient'altro, grazie."

Non vedo che la finestra, aperta sul cielo bianco di nuvole in movimento. Sembra una tela appena sporcata in basso dalle creste degli alberi del parco, da qualche tetto di casa con le antenne. Un fulmineo stormo di rondini passa gridando, scompare. In fondo alla tela, un aereo lontano attraversa uno squarcio celeste tra le nuvole, scompare anch'esso.

Mi vengono le lacrime agli occhi.

"Le piace?"

Annuisco. Da quanto tempo non mi capita di sentire in modo così vivo la sua presenza. Il vuoto assoluto della stanza, e quella finestra sul cielo dove tutto si muove, viaggia, senza legami, senza impedimenti.

Come ho fatto in tutti questi anni a vivere senza di lei?

1951-1967

1.

Mi chiamo Maria e il nome di mia sorella è Isabella. Ma la differenza dei nomi è solo apparente. I nostri genitori ci avevano dato in realtà lo stesso nome: a lei Isabella Maria e a me Maria Isabella. Mio padre ci fotografava sempre insieme e mia madre ci vestiva spesso con abiti identici di colore diverso. L'idea che dovessimo essere due parti della stessa mela, due perle nella stessa conchiglia, era un loro non velato progetto. Per lungo tempo ci siamo addormentate facendo congetture sul nostro nome. Le nostre opposte nature (già da allora, come brave figlie, avevamo messo tutto il nostro impegno a deludere le loro aspettative di somiglianza) si rivelavano in quelle fantasticherie.

"Se una di noi muore, allora potranno sostituire il nome della viva con quello della morta, senza dover cambiare nulla all'anagrafe," le dicevo con un tono di voce funereo e realistico quanto i miei pensieri.

"In una notte di pioggia e lampi hanno sognato due bambine, due gocce d'acqua della stessa nuvola, ferme sul vetro dov'erano cadute, immobili," cantava la sua voce al mio orecchio sordo a ogni fantasia.

Siamo nate a un anno di distanza, e dunque non ho ricordi senza di lei, anche se sono la maggiore. Quell'anno di solitudine, come i molti che ancora mi aspettano, è indecifrabile.

Prima della sua nascita vivevo nella stanza da letto dei miei. I gesti di mia madre dovevano essere ansiosi e insicuri. Anche in questo caso, come poi molte altre volte, l'arrivo di mia sorella servì ad alleggerire la situazione. Ci fu finalmente la stanza delle bambine, con due piccoli letti di legno blu comprati dai nostri genitori in un viaggio nel paese delle fate, mensole chiare per i giocattoli e i primi libri, un tavolino per disegnare. Arrivò a casa nostra una ragazza francese, la prima di una lunga serie.

Fuori dalla nostra stanza c'era il giardino. Ricordo il giorno in cui Isabella scoprì che vivevamo in una villa ai margini della città. Eravamo sedute sul prato davanti alla casa, l'unica parte di giardino che frequentavamo a quell'età. Sedevo immobile con i giochi accanto, come voleva la signorina, mentre lei già da un po' aveva cominciato a ispezionare il prato, la terra, a mettersi in bocca coccinelle e ragni, a odorare foglie e cacche di cane nascoste nell'erba.

La signorina leggeva un giornaletto masticando una gomma americana e canticchiava una canzone. Fissavo Isabella, ammutolita dal suo coraggio. Mia sorella aveva lanciato uno sguardo di fulmine alla nostra guardiana ed era sparita nell'erba alta. Gli steli si abbassavano e rialzavano al suo passaggio come i denti di un pettine. Isabella si allontanava strisciando verso il muretto di cinta del giardino. Poi l'erba era rimasta immobile. Forse si era distratta a guardare qualche ragno e la prima idea le era volata via dalla mente con la stessa leggerezza di una piuma spinta da un refolo. Non era capace di concentrarsi su un pensiero o un'azione. Ogni nuova meraviglia l'attirava e la sviava. Io invece rimanevo invischiata nei miei ragionamenti come in una colla mefitica, arrivavo all'azione estenuata dai dubbi e venivo sempre scoperta.

Isabella si alzò di scatto sul muretto come un missile pronto al lancio. Da quell'altezza ispezionò lo spazio a trecentosessanta gradi e urlò la sua vittoria, prima di rigettarsi a corpo morto nel prato dove prese a strisciare a velocità inaudita, come se quello fosse il suo modo abituale di muoversi sulla terra. La signorina la inseguiva lanciando minacce in un francese frammisto a parole italiane storpiate.

La sera mi disse cosa aveva visto.

"Da una parte ci sono alberi e prati verdi e gialli. Dall'altra case, finestre e strade incollate l'una all'altra."

Ora sapevamo di abitare al confine tra la città e una campagna precaria. Erano gli anni cinquanta e presto le strade e le case ci avrebbero raggiunto, lasciando intorno alla villa solo il prato dove eravamo sedute quel giorno, e un boschetto di bambù dove mia sorella iniziò a compiere i suoi miracoli.

Non so cosa sia una sorella per il resto dell'umanità. Ci ho riflettuto molte volte, paragonando la mia esperienza eccezionale a quella degli altri. Ho visto rivalità nate nell'infanzia durare tutta la vita, indifferenza, qualche volta amore. Ma il sentimento che dall'inizio mi legò a Isabella – legò nel senso letterale della parola – fu la paura. Prima di tutto, e per molti anni, una paura fisica. Immaginavo di vederla cadere dall'albero su cui si era arrampicata, fatta a pezzi dal cane lupo che maneggiava con la stessa naturalezza del suo orso di pezza, preda di una indigestione terribile per la quantità di burro, cioccolata e panna che riusciva a ingurgitare o di una malattia dolorosissima per avere assaggiato zolle di terra, fiori, bacche e insetti.

Invece ero io ad ammalarmi di tutte le malattie dell'infanzia, più quelle cosiddette psicosomatiche, eczema, allergie multiple, asma. Lei si svegliava sempre in buona salute e prima di me. La guardavo ferma in pigiama davanti alla finestra della nostra stanza. Conoscevo l'espressione dei suoi occhi in quel momento: scintillanti di frenesia per la nuova giornata, per le mille idee che attraversavano la sua mente, rapita da una tempesta di avventure.

I nostri genitori vivevano la loro vita d'amore, di litigi, di viaggi, di lavoro. Consideravano la loro intesa alla base della nostra felicità. Mia madre diceva salutandoci la sera:

"Siate sempre unite come lo siamo io e papà e non potrà succedervi niente di male".

La nostra unione doveva essere lo specchio del loro matrimonio riuscito. Ma appena mia madre usciva dalla nostra stanza spegnendo la luce, Isabella digrignava i denti, faceva rutti e pernacchie e, con un tono di voce misterioso, mi rivelava terribili segreti.

"Papà mangia mamma un pezzetto a sera. Ieri notte ha masticato a lungo la sua mano destra, quella con l'anello a forma di serpente."

Poi taceva qualche secondo per farmi assaporare la scoperta.

"Stamattina l'ho ritrovata che galleggiava nel gabinetto, c'erano dei brandelli di carne appesi all'osso. Guarda bene e domani vedrai che ha una mano finta al posto di quella vera. La muove con difficoltà, le fa male. Nel loro armadio conservano tutti i pezzi di ricambio del corpo di mamma, perché non si sa mai quale parte papà sceglierà la sera. Li nascondono nei vestiti, nelle scarpe, nei cappelli."

"Se lo fanno, vuol dire che gli piace," le rispondevo, sapendo quanto fosse inutile dedicarmi a contraddirla. E poi c'era sempre qualcosa di vero in quello che diceva. Lo scoprivo all'improvviso, quando ero ormai convinta che Isabella inventava per il gusto di sbalordirmi.

Spiando nell'armadio dei nostri genitori, vidi bianchi piedi infilati in ogni scarpa; sull'ultimo ripiano, una lunga mano di donna guantata sfiorava un cappello di mio padre.

Mia sorella non somigliava a nessuno della famiglia. Mio padre era bruno come me, aveva i miei stessi occhi scuri tagliati alla cinese. Mia madre era bionda, con gli occhi chiari; lentiggini minuscole le si ammucchiavano sul naso, sulla schiena, sulle mani. Isabella aveva invece una pelle bianchissima che il sole e il vento non riuscivano a colorare; sottili capelli di un colore indefinito tra il castano e il rosso, occhi verdastri come il fondo di un lago. Sull'iride dell'occhio sinistro brillava un'unica pagliuzza dorata.

"Strana bambina," dicevano le amiche di mia madre quando andavamo a salutarle. Velocemente passavano dal suo viso, che a me pareva bellissimo, al mio e aggiungevano rincuorate:

"Maria invece assomiglia ad Angelo".

E sempre in quelle occasioni mia madre la stringeva a sé, e la baciava davanti a tutti.

A dieci anni fummo libere di giocare da sole in giardino. La terza signorina francese ci aveva salutato sulla soglia di casa, liberata dalla noia di intrattenerci.

Quel giorno tremavo più del solito, nessuno sapeva come fosse inopportuno lasciarmi come unica guardiana di Isabella e delle sue fantasie.

Posteggiate sul viale della casa c'erano quattro o cinque auto di quegli anni, colorate e decappottabili. Mio padre e i suoi amici avevano la passione delle auto. Le confrontavano, le lisciavano, le cambiavano rapidamente come giocattoli. I nostri genitori se ne andavano la sera in giro per la città con una Giulietta pervinca. Mia madre portava un foulard leggero per tenere fermi i capelli e occhiali da sole bianchi, lunghi come una mascherina di carnevale.

Quel primo giorno di libertà, Isabella faceva scricchiolare i sassolini del viale sotto le scarpe, accarezzava le fiancate delle auto dei loro amici. Li avevamo spiati passando davanti al salotto. Parlavano delle elezioni presidenziali. I nostri genitori erano sempre in minoranza in quelle discussioni. I loro amici sostenevano il candidato democristiano, temevano ogni mutamento che potesse minacciare il benessere appena riconquistato; loro invece erano sempre stati socialisti.

Nostra madre era cattolica – ci faceva portare in chiesa la domenica – ma odiava i democristiani e la gente ricca che faceva la comunione per farsi vedere. Quando morì papa Giovanni, ci portò a San Pietro a salutarlo, e ci disse che come lui non ce ne sarebbero stati altri. Noi eravamo convinte di essere delle ricche speciali, e lo sostenevamo anche a scuola, nelle discussioni che imitavano quelle degli adulti.

"Saragat è socialista, e se viene eletto comincerà a mangiare i bambini. Voi volete forse farvi mangiare?" ci diceva una nostra nemica figlia di un democristiano.

"Non capisci niente. Mangerà i bambini dei democristiani, te per esempio, ma non i figli della gente che non si dà le arie, così noi lo votiamo, e in tutti i modi mangiarsi ogni tanto non fa male!" le urlava in faccia Isabella.

E si gettavano a terra graffiandosi e picchiandosi come i maschi. Io restavo a guardarle paralizzata dalla paura che Isabella potesse ferirsi o ferire.

Superate le auto posteggiate, ce ne andammo nel boschetto di bambù da sole. Isabella era di cattivo umore perché avevamo perso le elezioni. Io la osservavo pronta a intervenire nel caso di un'iniziativa pericolosa.

"Domani a scuola la picchio appena arrivo, così non ne parlerà più," mi disse.

Ci eravamo sdraiate a terra a guardare lembi di cielo tra i rami dei bambù mossi dal vento leggero. Dopo un lungo silenzio Isabella aggiunse sottovoce:

"Maria, io sono nata in un paese di sassi. Non lo conosco, ma lo vedo. E vedo mio padre: un uomo grosso, con le spalle enormi, i capelli rossi e gli occhi con la pagliuzza come la mia. Porta sempre un cappotto spesso come una coperta e ha le mani dure perché è un contadino. Con quelle mani mi picchia e mi accarezza. Mia madre non la vedo ancora, ma forse, se veniamo qui ogni giorno, si farà viva".

"Cosa ti inventi?"

"È vero," mi disse con quella voce ispirata che mi dava i nervi. "Guarda le mie mani."

Le teneva alte sulla testa, con l'interno rivolto verso il basso per mostrarmelo. Le linee sembravano rinforzate con la penna, dei solchi viola che nascevano e finivano nel nulla, si accavallavano e ramificavano come le fronde di un albero impazzito.

"Non c'è l'inizio, vedi, e neanche la fine."

"Ma se ci sono le tue fotografie appena nata in braccio a mamma."

"Sì, le hanno fatte per nascondermi la verità, per farmi crescere tranquilla. Non lo sanno che chi è nato in un paese come il mio, da un padre come quello, non ha bisogno di niente e di nessuno, ce la fa da solo."

Mi misi a sedere e la guardai a lungo prima di parlare. Il cuore mi batteva forte.

"Allora tu non vuoi bene a mamma e a papà?"

Abbassò le braccia lentamente, prese un po' di terra tra le dita e l'annusò.

"Ci sono tante cose a cui tengo di più, questo posto, i molti altri che non ho ancora visto, le persone che incontrerò. Loro mi piacciono quando stanno per conto loro, quando si baciano e ridono la sera di cose che non ci dicono, e quando sembra che si siano appena conosciuti. E poi ci sei tu, la fifona..." mormorò all'improvviso.

Mi afferrò per la vita e tenendomi immobilizzata sotto il suo corpo iniziò a soffiarmi sul viso. Soffiava via le mie lacrime, le divideva in piccoli rivoli, come faceva sul vetro della nostra stanza con le gocce di pioggia. Quel soffio ci divise a lungo. Mi liberai con un calcio che non si aspettava. Corsi verso casa e le urlai:

"Non voglio stare con te, non ti voglio più vedere!".

Nel salotto abbracciai mia madre e piansi con la faccia nascosta nel suo pullover. Non m'importava se Isabella sarebbe stata punita per le mie lacrime; non volevo più essere responsabile di lei, volevo liberarmi dalla paura che potesse accaderle qualcosa, o che potesse farci del male. In quel momento desiderai che non fosse mai nata.

Mia madre non la sgridò, le accarezzò la testa senza guardarla, come faceva davanti alle amiche, ma ci divise di stanza.

Passammo due o tre anni senza quasi parlarci, senza andare nel bosco di bambù dove lei vedeva il suo paese di sassi e i suoi veri genitori. Mi chiusi nella mia stanza come in un guscio sicuro.

Studiavo, giocavo con le amiche. Ci incontravamo a pranzo. Isabella non cercava di riavermi. Dalla mia stanza udivo qualche volta le urla di mio padre per il suo disordine, perché era stato chiamato dal preside dopo che lei si era firmata da sola la pagella, o anche, una volta, perché Isabella non aveva saputo resistere al sedere (gigantesco, diceva lei per scusarsi) della maestra china sul banco di fronte, e l'aveva infilzato con una matita ben temperata. Cominciai a pensare che tutto ciò accadeva perché l'avevo abbandonata. Prima, quando eravamo insieme, l'aiutavo nei compiti e a scuola la difendevo dalle conseguenze della sua impulsività, dall'ira degli insegnanti. Senza di me precipitava nel disordine, nell'incoscienza.

Il capitolo dei compiti di Isabella era stato la mia croce giornaliera. Ci sedevamo ai due lati della scrivania con il libro e il quaderno. Le toglievo dalle mani ogni gioco che la potesse sviare, tranne una pallina di legno che lei tastava e faceva rotolare sotto il palmo della mano.

L'aveva rubata nel cestino del cucito e le attribuiva virtù magiche.

"Da questa crepa," mi diceva, "la notte saltano fuori spiriti maligni e folletti. Se voglio incontrarli, se devo andare con loro da qualche parte, li lascio uscire, se no ci metto il dito sopra e senza la parola d'ordine il masso non si sposta."

"Quale masso?"

"Il mio dito. Per loro è un masso grande come quello della caverna di Alì Babà."

Isabella conosceva a memoria tutte le storie della sua enciclopedia della favola, l'unico libro che era riuscita a leggere fino in fondo.

Quei pomeriggi di compiti iniziavamo dal problema di matematica. In quanto tempo si riempiva una vasca con un flusso d'acqua determinato, o quanto ci avrebbe messo la gallina del pollaio a finire tutti i chicchi del sacco mangiandone tanti al giorno.

"Perché li deve mangiare? È forse obbligata, poverina?" mi chiedeva.

Isabella era la più grande creatrice di casi particolari che io abbia mai incontrato.

"Allora diciamo che ne mangia tanti il lunedì, tanti il martedì ecc... puoi calcolare lo stesso in quanto tempo finisce il sacco," insistevo, conoscendo ormai tutte le sue scappatoie.

Ma lei sfuggiva di nuovo, mai intenzionalmente, di questo mi ero accorta dopo avere a lungo studiato l'espressione del suo viso e i movimenti frenetici della pallina. Mi guardava con gli occhi vuoti, impauriti, spiava nei miei la risposta, si sentiva in trappola.

"Ho bisogno di tempo per risponderti, e invece tu vuoi la risposta subito, come in classe. Io penso alla gallina che deve mangiare per forza tutti i chicchi anche se non ha fame. E comunque, se digiuna, ci sarai sempre tu col fiato sul suo povero collo (che poi verrà mozzato) pronta a calcolare quanto le durerà il sacco. Comunque so la risposta, è semplice. Bisogna sommare i chicchi di ogni giorno della settimana e dividere, boh, non so cosa. Ci arriverei, se mi concentrassi, ma ho davanti a me lo sguardo della gallina. Non ti puoi inventare una storia meno disgraziata, scusa?"

Ci riprovavo con l'olio e il frantoio, le scatole di conserva e i tappini delle bottigliette di cocacola. Ma la pallina di legno fremeva di nuovo nel suo pugno. Isabella abbassava lo sguardo e accampava scuse e storie. In quelle occasioni mi sembrava stupida, direi francamente ritardata, e mi chiedevo come mai i nostri genitori non se ne accorgessero e non le cambiassero scuola.

Presto accantonavamo anche la grammatica per la stessa ragione: capire una regola e applicarla le era impossibile. Chiudevamo i libri e lei mi proponeva un gioco per farmi vedere quanto era brava. Disponeva sul tavolo venti sassetti bianchi del viale, che a me parevano tutti uguali, e mi invitava con lo sguardo furbetto a toglierne uno o due, mentre lei teneva gli occhi chiusi, e a stringere le fila perché non si vedessero i vuoti. Poi apriva gli occhi, fissava i sassi come fossero le lettere di un alfabeto solo suo e mi indicava col dito le lettere mancanti.

"Come hai fatto?" le chiedevo ammirata.

"Facile, hai tolto il sassetto con il sedere rovesciato e quello con la pancia gonfia e il puntino sull'ombelico. Li avevo messi nell'ordine di una storia. Tu hai tolto la parte del nano puzzone che caca merda verde e quella del puttino scemo. Così è stato facile."

Allora mi sembrava un genio e ricordavo quando mi descriveva gli accumuli di nuvole nel cielo trasformandoli in giganti, nani e angeli o quando disegnava su un foglio bianco un solo puntino infinitesimale e mi parlava dei vulcani e degli abitanti di amianto del suo minuscolo pianeta.

Ora l'avevo abbandonata a quei mondi distanti dal nostro. Forse misteriosamente vicini solo a quello di mia madre, che non osava sgridarla e la guardava sospirando, come se ci fosse qualcosa in comune tra loro che gli altri non sapevano.

In quegli anni in cui si diventava ancora ricchi ma con più fatica di prima, mia madre aveva perso la gioia di vivere, si era fatta malinconica. Ormai non usciva più in spider con mio padre. Lui lavorava sempre e lei giocava a canasta con le amiche. Una notte la sentii piangere in salotto. Mi avventurai nel corridoio buio fino alla porta a vetri del salone dove lei lo aspettava, guardando la televisione. Fissavo la sua nuca appoggiata allo schienale. Ogni tanto sistemava indietro una ciocca di capelli. Non li portava più legati a chignon ma corti e pari. Piangeva, e la colonna sonora del gioco televisivo copriva ogni tanto un singhiozzo. Perché piangeva? Dov'era mio padre? La mia vita con loro mi appariva all'improvviso ignota. Non sapevo di quel dolore, dell'assenza di lui, e loro quasi nulla di me. Sentii nostalgia di mia sorella. La voce di Isabella, venuta fuori dal nulla, mi sussurrò qualcosa dietro le spalle:

"Lo aspetta tutte le notti e lui torna sempre più tardi".

Mi voltai verso di lei. Portava la giacca del pigiama sopra la gonna e aveva le scarpe ai piedi. Come al solito aveva finto di prepararsi per la notte e si era infilata nel letto vestita.

"Come lo sai?" le chiesi piena di rancore.

"Ci vuole molto a capirlo! Papà ha un'amante, la moglie del suo socio Gagliarini, quella che ci ha invitato alla festa di carnevale e ci ha sbaciucchiato ben bene davanti a mamma. Sono amanti già da un po' ma lei se ne è accorta solo ora."

"E tu lo sapevi dall'inizio, vero?" fremetti, pronta a dargliene tante da farla smettere di mentire una volta per tutte.

"Certo. So il tipo di donna che piace a papà, molto truccata e puzzolente di profumo, il contrario di mamma. Ma non ti preoccupare, fifona, non la lascerà. Lo fanno a turno, un po' per uno. Potrai sempre dire alle amichette che il tuo papà e la tua mamma si vogliono tanto bene e tutto a casa nostra fila liscio."

Le andai vicino strisciando. Vedevo la pagliuzza del suo occhio sinistro brillare nel buio. L'afferrai per il colletto del pigiama.

"Se questa volta non mi dai una prova di quello che dici, ti ammazzo."

"Calma, calma," mi fece senza ombra di paura, con l'aria da piccolo gangster. "Domani mattina, quando papà ci porta a scuola, lo vedrai da sola. Ti darò due prove. Tu fissa il suo viso nello specchietto retrovisore e stai attenta a quando lo bacerò prima di uscire dalla macchina."

"Cosa vuol dire?"

"Vedrai domani."

La notte mi sembrò lunghissima. Vedevo mio padre baciare la signora Gagliarini e strofinarsi al suo pullover profumato. Li vedevo amarsi nel buio di una stanza con un brivido di paura ed eccitazione. Sentivo che per tutta la vita avrei combattuto contro il desiderio di cose proibite, e me le sarei poi sognate la notte. Immaginavo il sonno profondo di Isabella, libero dagli incubi, dalle fantasie, dalle paure con cui lei giocava impunemente di giorno.

Mio padre era tutto allegro quella mattina, gli occhi cerchiati, lo sguardo furbo e sofferente del traditore. Mia madre dormiva con un sorriso sulle labbra chiuse; l'avevo baciata con la cartella sulle spalle.

"Ciao, amore," mi aveva sussurrato.

Dovevano avere usato molte volte quella parola durante la notte. Il lenzuolo era accartocciato accanto al letto, un cuscino aveva travolto il lume e i libri sul comodino di mio padre.

Isabella aspettava appoggiata all'auto, con la punta della scarpa disegnava un cuore sulla ghiaia del viale e rideva della mia espressione seria.

"Allora, ragazze, si va!" disse mio padre come tutte le mattine. Ma quella mattina sembravano le ultime parole di un condannato a morte.

Lo spiavo dallo specchietto retrovisore. A ogni semaforo rosso le poche frasi che ci diceva per intrattenerci si spegnevano in un sibilo, gli occhi si chiudevano lentamente per riaprirsi di scatto alle strombazzate delle auto incolonnate.

Isabella continuava a ridere, un riso silenzioso e incontenibile. La mia aria da regina ferita iniziò a incrinarsi, mi scappò un sorriso che cercai subito di nascondere coprendo la bocca con la mano. Ma lei lo aveva già visto.

"La notte si divide tra la signora Gagliarini e mamma. Una di queste mattine si addormenta e non si sveglia più," mi sussurrò ridendo.

Davanti alla scuola mio padre si voltò per farsi baciare come tutte le mattine. Isabella strofinò la bocca sulla barba non rasata.

"Mmm, che buon odorino, papà, mi ricorda tanto la signora Gagliarini."

Lo schiaffo arrivò immediato. Isabella non si scansò, era la seconda prova, quella decisiva. Sapeva che dovevo toccare con mano la verità prima di accettarla, e mi voleva definitivamente dalla sua parte. Capii quanto le ero mancata.

"Siate unite e non potrà succedervi niente di male."

Fu la prima volta che pensai alle parole della buonanotte di mia madre in modo diverso, come un misterioso viatico ancora da decifrare.

Davanti al cancello della scuola salutammo nostro padre con un gesto gentile, da brave figlie, e ci abbracciammo poi ridendo. Aveva vinto lei, ma a me sembrò una vittoria comune.

Gli anni della nostra giovinezza cominciarono con quel saluto gentile al mondo dei nostri genitori. Loro si divertivano alle nostre spalle, con l'aria seria e dolente che si erano dati per nasconderci i loro giochi. Avremmo giocato anche noi, con le nostre regole.

2.

Ogni settimana andavamo a una festa. Nessuno si preoccupava di comprare da mangiare e da bere, come nelle feste della nostra infanzia. Si ballava in case deserte e i ragazzi svuotavano i frigoriferi e i mobili bar.

I raduni settimanali si organizzavano all'ultimo momento, il sabato mattina a scuola. Gli appartamenti preferiti erano quelli in cui abitavano genitori separati, assenti, poco affidabili, come la villa di Marinella, la figlia di un costruttore fallito, fuggito all'estero con una modella finlandese. La madre di Marinella beveva in solitudine al piano superiore, e la figlia riempiva gli armadi della sua stanza di minigonne, abiti rosa shocking, cinturoni da portare su lunghi pullover usati come vestiti.

Isabella l'aveva scelta come nostra amica perché lei "lo" aveva già fatto e a casa sua potevamo prepararci per la festa. Ci facevamo il bagno con i sali della madre, spiando i nostri corpi nudi. Il corpo di Marinella non aveva forme. Le gambe lunghe e magre sembravano iniziare sotto le ascelle. Noi la invidiavamo, ma lei si guardava allo specchio poco convinta.

"Vestita sono passabile, ma a un ragazzo il mio corpo nudo non piacerà mai."

E ogni volta citava Bruno, il migliore amico di suo fratello, suo amante di un pomeriggio.

Isabella aveva varcato la porta della camera santuario del fratello, dove Marinella aveva fatto l'amore con Bruno. Sul letto era appeso un ritratto di Mussolini con l'elmetto e il piglio da guerriero. Sulla cornice la madre abbandonata aveva appoggiato un ramo di ulivo, ricordo dell'ultima domenica delle palme trascorsa con il marito.

Marinella ci raccontava di Bruno, del suo pomeriggio d'amore sotto lo sguardo virile e propiziatorio di Mussolini.

"Alla fine mi ha detto che era stato bello, però una come me non la vorrebbe per farci l'amore ma solo per uscirci la sera, che erano le mie calze bianche a farlo impazzire. Notate bene, ha detto calze, non gambe. Ecco perché ho tanti vestiti, perché in realtà sono una bella stampella."

E immergeva il suo corpo ossuto nell'acqua, Isabella scopriva il suo e io mi spogliavo vergognandomi sotto l'accappatoio. Ero sempre l'ultima e loro, dalla vasca, mi urlavano:

"Giù il reggiseno! Giù la mutandina!".

"Vedi, Maria," mi diceva Isabella il sabato pomeriggio, mentre ci preparavamo per andare da Marinella, "sono fascisti, questo è chiaro, ma anche a casa nostra qualche fascista è venuto. Comunque, tra i ricchi, fascisti ce ne saranno sempre. E poi Marinella è simpatica anche se è scema. Dice che si può dire di tutto di Mussolini ma non che non fosse un uomo sexy, e che quel pomeriggio le ha portato fortuna, così non vuole discuterne. Io direi di accantonare l'argomento, se no non sappiamo dove vestirci e truccarci."

Uscivamo da casa come delle ragazze perbene, nella stanza di Marinella ci trasformavamo in donne vissute.

Ballavamo davanti allo specchio, con il giradischi acceso, per vedere l'effetto di ogni vestito. A turno ci sdraiavamo sul letto a fumare. Ascoltavamo sempre, come un'ossessione, *Ragazzo triste* di Patty Pravo.

"Vorrei un ragazzo inesperto," diceva Isabella, "vorrei scoprire con lui il mio corpo. Niente imitazioni, niente paure. Da chi dobbiamo imparare? Ma forse uno solo non basterebbe. Sono una donna corrotta, lo sento."

I pensieri di mia sorella emergevano così, per frammenti apparentemente incongruenti. Con il viso rivolto verso il soffitto, gli occhi chiusi, i capelli lisci sulla pelle bianca delle spalle, Isabella incrociava le gambe sottili, le tirava su, premeva le braccia sul seno perché non crescesse troppo, con la stessa espressione con cui da bambina si leccava il sangue che colava dal ginocchio.

"Quante favole ci hanno raccontato sull'amore. L'amore fisico, intendo, quello romantico se lo sono inventato. Nell'amore fisico ci deve essere già tutto, se no perché ci avrebbero fatte così come siamo, a cosa servirebbero tutte queste sensazioni? Sarebbe un dispetto farci come delle pile cariche per poi consumarci solo poco, pochino alla volta per paura che il motore si rompa. Secondo me si rompe se non lo usiamo al massimo. Come dice papà quando accelera a vuoto per sentire il rombo del motore? 'Ascolta che voce, che potenza!' Peccato che è scemo e queste cose le capisce solo per le macchine. Voglio fare tutto alla luce del sole, voglio che il sole mi entri dentro, come dice la canzone, quando lo farò per la prima volta."

"Già sarebbe una cosa farlo con una persona decente," le rispondevo senza pensare e dopo un attimo rettificavo, impaurita dalla mia incapacità di concepire un sogno o di partecipare al suo. "Però hai ragione tu, che idiozia restare vergini fino al matrimonio, cosa significa?"

In genere era Marinella a riportarci alla realtà con una delle sue battute fulminanti.

"Siete solo buone a parlare voi due e intanto io vi devo insegnare i principi di base. Anche la riga sopra l'occhio, vieni qui, guarda come te la sei fatta storta. Ogni sabato parlate parlate e non sapete far altro che ballare strette a quei poveretti che poi vanno e vengono tutta la sera dal bagno. Ciao, ciao e ve ne andate via come due brave sorelline."

Ci eravamo accordate che durante la festa dovevamo guardarci di tanto in tanto, il viso appoggiato alla guancia del nostro compagno di ballo e farci segno se fosse lui il prescelto. Ci veniva da ridere, ma non volevamo provocare la suscettibilità dei ragazzi. Cercavamo di non farceli piacere del tutto, di giocare con il loro desiderio e con il nostro. Sceglierne uno voleva dire eliminare gli altri. Costruivamo storie complicate tra il salotto e il giardino, "mettendoci" con tre o quattro ragazzi contemporaneamente, in un equilibrismo di rapidi incontri di mani, di baci, di cedimenti parziali. La sera realizzavamo con rabbia che quel modo di adescare era lo stesso di generazioni di donne prima di noi, e decidevamo che il sabato seguente avremmo compiuto il passo con il primo che capitava, tanto per rompere l'attesa.

"Questa è un'epoca di passaggio," diceva mio padre, le sere che la signora Gagliarini gli permetteva di cenare con noi. "Volete distruggere la famiglia, tutti i valori che abbiamo ereditato, ma con cosa li sostituirete?"

Dal giorno dello schiaffo non osava più darci ordini. Ci guardava con sospetto, ponendoci solo domande accademiche per paura di una nostra risposta. Mia madre pranzava con noi e la sera usciva, così stavamo sempre a tavola con un solo genitore alla volta. Lei parlava poco, fuggiva i nostri sguardi. Dopo gli anni di crisi a causa della signora Gagliarini era ridiventata bella, copriva le lentiggini con la cipria, portava le gonne corte e metteva gli occhiali da sole anche in casa. Prima di uscire ci baciava distrattamente, trattenendo qualche volta le nostre mani tra le sue.

Ci sembrava di pranzare con una sorella maggiore inquieta, come noi in cerca di avventure.

Un sabato pomeriggio la incontrammo all'angolo di una strada. Stavamo andando a casa di Marinella e Isabella fumava una sigaretta clandestina. Il mozzicone le cadde di mano. Nostra madre era appoggiata a un'auto ferma accanto a un lampione, discuteva con un uomo. La luce del giorno calava e non riuscivamo a vedere l'espressione dei loro volti. Il lampione si accese all'improvviso sulle loro teste. Lei ci guardò, sperduta, dall'altra parte della strada.

La sera dopo ci chiamò nella sua stanza. Era seduta davanti allo specchio della toilette, si stava preparando per uscire. Chiudendo la porta Isabella mi freddò con una battuta cattiva.

"Sembra Alida Valli in *Senso*."

Non giudicava mai i loro comportamenti né le infedeltà reciproche, cercava solo di renderle chiare a me, di tirarmi fuori dalla rete che si gettavano a vicenda per ricatturarsi.

"Io e vostro padre stiamo insieme perché abbiamo voi," disse mia madre a mezza voce, voltandosi verso di noi. Nello specchio si rifletteva il suo profilo, il volto lo avevamo davanti agli occhi truccato a metà. Era scomposta in tre parti, e i nostri sguardi vagavano da una madre all'altra.

"Ho pensato molte volte che sarebbe più giusto lasciarci, ora che il nostro matrimonio è finito, ma lui non se ne andrà mai, vuole tradirmi, ma tenersi la casa e le figlie. D'altronde, se me ne andassi io, non avrebbe verso di me né obblighi finanziari né morali, mi impedirebbe di vedervi, potrebbe farlo. Così, malgrado tutto, devo restare, almeno finché non sarete maggiorenni. Ma in questa vita di bugie non ci sto bene, volevo dirvelo, e so che anche per voi non è facile."

Le lacrime premevano sull'occhio truccato e su quello slavato; e il suo pianto, al solito, faceva venire voglia di piangere anche a me.

"Per noi è facile, non ti preoccupare," se ne uscì Isabella, bloccando la commozione di entrambe. "Primo, vi vediamo uno alla volta ed è sempre meglio che stare con due genitori infelici insieme. Secondo, sappiamo che siete infelici in casa, ma fuori ve la spassate, e con questo pensiero cerchiamo di spassarcela anche noi. Terzo, alla vostra libertà e alla nostra mancano solo tre anni per me e due per Maria. Così, su con la vita, mamma, sei molto più bella quando non ci rovesci addosso i tuoi drammi!"

La odiai di nuovo, come era accaduto quel giorno nel bosco di bambù. Eppure il tono della sua voce non era duro quanto le parole che gettava in faccia a mia madre. Era sincera, illuminava una parte di verità, quella meno scontata. Mia madre si asciugò una lacrima, le sorrise.

"Hai ragione, Isabella, e poi non è stato sempre così. Io e vostro padre ci siamo amati. Quando l'ho conosciuto avevo vent'anni, c'era ancora la guerra. Ci siamo incontrati in Turchia, questo lo sapete già. Però non vi ho mai raccontato la cosa più importante di quel viaggio."

Ci scambiammo uno sguardo.

"Ero partita con mia sorella. La conoscete solo dalle fotografie. Eravamo andate a trovare mio padre che lavorava all'ambasciata italiana di Ankara. Lo vedevamo solo durante le vacanze perché mia madre non aveva mai voluto lasciare l'Italia per seguirlo, malgrado la Turchia fosse rimasta neutrale. Anche vostro padre lavorava lì, per una società che costruiva ponti."

Mentre raccontava, gli occhi di mia madre brillavano. Ogni tanto taceva per ricordare qualche dettaglio e si infervorava di nuovo nel racconto.

"La Turchia è un paese di sassi e di coste frastagliate, di laghi salati. L'interno è ancora più impressionante: deserti, montagne, cascate di sale. Mio padre ci aveva dato un'auto e un autista per farci conoscere il paese. Era un uomo libero, un socialista che aveva convissuto con il fascismo tacendo. Durante i mesi che passavamo con lui voleva contrastare l'educazione chiusa, impaurita, di mia madre. Quel viaggio con mia sorella fu il viaggio della felicità. Voi non l'avete conosciuta. Era molto più bella di me, e non aveva paura di niente. Ti somigliava, Isabella e quando sei nata ho spesso pensato che Dio me l'avesse ridata."

Lanciò uno sguardo d'amore a Isabella. Mia sorella si era avvicinata alla finestra, guardava il giardino illuminato dagli ultimi raggi del sole. Ebbi l'impressione che non la stesse ascoltando. Mia madre fissò di nuovo nello specchio il suo volto truccato a metà e riprese a raccontare.

"In quel viaggio ci fermavamo a dormire nei paesi dell'interno, ovunque ci piacesse un paesaggio. L'autista scendeva per primo davanti a una casa del paese, chiedeva ospitalità, studiava le persone e tornava con la risposta. Era sempre molto preoccupato. Credo che mio padre l'avesse costretto ad accettare l'incarico di accompagnarci. Una sera arrivammo a Diyarbakir sul Tigri. Lì la società di vostro padre stava costruendo un ponte; l'impresa aveva dato lavoro a tutta la città. Gli operai e i tecnici dormivano nel cantiere che era diventato una gigantesca tendopoli. Ci fermammo. Avevamo voglia di incontrare qualche europeo, qualcuno che parlasse una lingua comprensibile. Il gruppo dei tecnici ci invitò a cena. Durante la cena io e vostra zia ci siamo innamorate di due amici. Nazim lavorava al ponte da due anni, parlava l'inglese, era un uomo molto bello, pieno di energia, adorava il suo lavoro. Da noi sarebbe stato un ingegnere, come vostro padre, in Turchia era riuscito a diventare geometra. Angelo lo considerava il migliore. Dormivano insieme in una delle tende del campo. Quella sera cenammo con loro e con qualche altro tecnico di cui non ricordo né il viso né il nome. Il nostro viaggio finì a Diyarbakir; dico il nostro perché quello di mia sorella continuò per un altro anno insieme a Nazim. Nazim per lei lasciò il lavoro, la città, la sua famiglia. Mia sorella tutto il mondo che conosceva."

Si fermò con la voce rotta, gli occhi le si velavano di lacrime.

"Un anno dopo li trovarono in un torrente vicino a un paese ai confini con l'Iran, erano stati lapidati. Forse da qualcuno della famiglia di lui o da qualche abitante del paese in cui si erano fermati a dormire. La polizia fece un'indagine sommaria; mia madre non seppe mai la verità. Alla fine della guerra, io e vostro padre ci siamo sposati con il loro amore nel cuore. Quando siete nate voi, abbiamo deciso di non parlarne più. Il nostro matrimonio a poco a poco è finito, forse come tutti i matrimoni, o perché mia sorella e Nazim erano morti in quel torrente e la loro morte aveva spento la parte migliore del nostro amore."

Tacemmo a lungo sveglie quella sera. Ognuna cercava di immaginare i dettagli del racconto di mia madre. Le fotografie di famiglia ci avevano fatto conoscere solo le due sorelle italiane, con i vestiti poveri della guerra e i loro sorrisi di ragazze. Il volto della zia scomparsa – in un incidente ci era stato sempre raccontato – non rivelava nulla di quello che le era capitato.

"Perché dice che mi somiglia? Io non ho preso da nessuno della famiglia," mi sussurrava Isabella.

Per la prima volta percepivo una sua paura e cercavo di tranquillizzarla.

"Cosa ti importa? Non la conosciamo. Cosa ne sappiamo di lei e di quel Nazim, e della loro morte. E perché ci ha raccontato questa storia proprio adesso?"

Isabella scivolò fuori dal letto, si infilò nel mio. Mi guardava. Poi riprese a parlare con un rimpianto nella voce, come se tra noi stesse per finire qualcosa.

"Maria, tante volte ho cercato di essere come te. Tu capisci subito i problemi di matematica, fai i temi a scuola in dieci minuti e sono perfetti. Leggi libri complicati e sai spiegarmeli con parole semplici e chiare. Sei intelligente e mi vuoi bene, mentre io non so fare altro che perdere tempo dietro fantasie inutili e non capisco mai niente."

"Ma se hai capito sempre tutto prima di me..." le dissi.

"Prima o poi ci lasceremo, Maria, non potrai sempre aiutarmi nei compiti e non ci sarò più io ad aprirti gli occhi sulla vita."

"Siate sempre unite come lo siamo io e papà..." cantilenai, imitando la voce di mamma. "Vedrai che a noi riuscirà."

Ci addormentammo con i fiati vicini; i suoi capelli sottili mi stuzzicavano l'orecchio.

A distanza di anni, so che la tragedia turca doveva riaffiorare tante altre volte nella nostra vita, mutando forma e senso.

Quel racconto cambiò l'umore leggero della nostra adolescenza, le feste da Marinella, i vestiti, i ragazzi tra cui ancora non appariva quello con cui avremmo fatto l'amore per la prima volta. Dopo quella sera, i nostri genitori tornarono alle loro tresche lontane e noi ai nostri desideri di una vita diversa dalla loro.

Un sabato riposavamo nella camera di Marinella su pile di vestiti scartati. Eravamo stanche di aspettare dalla festa qualcosa che non arrivava. Marinella beveva del whisky rubato alla madre e già le rassomigliava, con l'aria scontenta della donna piantata. Isabella scansò con rabbia il suo piede.

"Come sopporti di vivere in questa casa con una madre sbronza e un fratello deficiente?" le disse tirandosi su. Si slacciò il vestito attillato lasciandolo cadere a terra e infilò il suo, comprato ancora da mia madre nei negozi per ragazze.

"Non ti vanno più bene i miei vestiti?" le chiese Marinella risentita.

"Non mi vai più bene tu, mi fanno schifo la tua casa e le tue arie da donna vissuta. Sei solo un'ignorante, non ti importa di capire cosa significa il ritratto di quel fetente appeso di là né cosa succede fuori da questa stanzetta rosa."

Rotolarono a terra tra i vestiti. Si picchiavano come bambine, mordendosi, tirandosi i capelli. Non cercai di dividerle, me ne andai nel salotto deserto dove c'era già la musica.

I divani di velluto allineati da Marinella alle pareti erano pesanti come catafalchi, ingrigiti, chiazzati di sperma e di liquore. Quella casa cadeva a pezzi, come la villa della nostra infanzia, ora circondata da palazzi, in cui i nostri genitori si alternavano per salvare la faccia.

Per un attimo vidi la sorella di mia madre camminare con un uomo sconosciuto in un paesaggio spoglio, sorridevano senza guardarsi; forse avevano appena fatto l'amore su una duna di sabbia lì vicino. Pensai con la stessa violenza di Isabella che bisognava farla finita con quelle feste.

Quella stessa sera mi trovai un compagno. Era capitato per caso alla festa, portato da altri. Si chiamava Marco. Era piccolo di statura, con la pelle olivastra, gli occhi dolci e le labbra carnose. Aveva appena finito il liceo e si era iscritto all'università. Ballammo insieme senza conoscerci. In una delle stanze della casa mi spogliai davanti a lui senza preamboli. Lui pensò – me lo disse tanto tempo dopo – che ero una donna di grandi esperienze, un po' leggera, poco seria. Più che il mio piacere quella volta scoprii il suo. Lo stupore con cui guardava i miei seni bianchi e non osava toccarli; le sue mani che mi accarezzavano tra le gambe.

La sera, a casa, restai muta nel mio letto. Isabella non mi chiese nulla. Era sveglia e i suoi pensieri erano altrove, come i miei.

La notte sognai perle che si staccavano dal loro guscio e salivano con fatica alla superficie del mare.

Iniziammo a uscire insieme il sabato. Marco era cattolico, cantava nel coro della chiesa "Dio del cielo scendi sulla terra e vienimi a cercare" accompagnandosi con la chitarra. Ma non gli piacevano le ragazze bigotte e borghesi. Una domenica andai a sentirlo cantare. Accanto all'altare, insieme ad altri ragazzi, intonava a bassa voce, senza enfasi, con un furore trattenuto, e gli altri gli andavano dietro. Fuori dalla chiesa mi presentò la sorellina che aveva delle treccine sottili sottili e i genitori che lo consideravano un genio.

Ci incamminammo da soli. Parlava senza guardarmi, e quando alzava lo sguardo su di me, mi baciava in fretta arrossendo. Parlava di Dio in un modo nuovo. Per essere alla sua altezza rispolverai qualche lontano ricordo di papa Giovanni e della sua enciclica.

"Papa Giovanni muoveva i sentimenti della gente, paternalismo. Il vangelo non è un testo sentimentale, è un libro duro, il libro più estremo che sia mai stato scritto," mi rispose sicuro.

"Ma l'amore per il prossimo, per i bambini... l'amore insomma," gli domandai piena di dubbi, arrossendo io questa volta. Avrei voluto chiedergli dell'amore tra l'uomo e la donna, dell'amore tra me e lui.

"L'amore del vangelo è tagliente come l'odio. Comporta la rinuncia all'amore per se stessi. E questo è contrario all'istinto dell'uomo. È una rivoluzione. Il bene di tutti, prima del bene del singolo. In Sudamerica i preti sparano," concluse senza guardarmi.

Lo vidi marciare nella polvere con il fucile in spalla.

3.

Traslocammo in una casa al centro, un appartamento senza giardino in cui ci sembrava di soffocare. La villa della nostra infanzia divenne il paradiso perduto. Gli affari andavano male, ci diceva mio padre, poche opere pubbliche, poche case, troppi intrallazzi per un pugno di mosche.

Studiavo per la maturità, passavo i pomeriggi seduta alla scrivania. Ogni tanto occhieggiavo quella vuota accanto alla mia, i quaderni e i libri che Isabella non toccava. Le nostre vite si erano separate un'altra volta. Marco era il mio nuovo fratello, veniva a casa tutte le sere, salutava mia madre pronta per uscire, baciandola sulla guancia come una figlia. Poi cucinava per tutti e due. Mangiavamo in cucina come una vecchia coppia. Marco mi faceva un riassunto critico delle notizie dei giornali. Nel corso di esame di economia politica aveva scoperto il marxismo e ora si definiva cattolico-marxista. Mentre studiava, mi leggeva dei brani. Avevo deciso che dopo la scuola mi sarei iscritta anch'io a Economia. Marx mi aveva convinto con una semplice affermazione che avevo trascritto e fissato con una puntina sul muro davanti alla scrivania:

"Esattamente all'opposto di quanto accade nella filosofia, che discende dal cielo sulla terra, qui si sale dalla terra al cielo. Cioè non si parte da ciò che gli uomini dicono, si immaginano, si rappresentano, ma dagli uomini realmente operanti e sulla base del processo reale della loro vita si spiega anche lo sviluppo dei riflessi e degli echi ideologici di questo processo".

Che il mondo fosse una sovrastruttura dei rapporti economici fondamentali tra le classi, mi pareva una verità semplice e inarrivabile come tutte le grandi scoperte scientifiche. Volevo approfondire l'argomento da sola, senza i commenti di Marco, sottolineare con la penna rossa le frasi più importanti dei libri, quelle da imparare a memoria. Allora il mondo sarebbe stato di nuovo circoscritto e noto come quando eravamo piccole, e mia sorella non si era ancora arrampicata oltre il muro di cinta. Pensavo all'università come a un giardino di libri in cui starmene al riparo ancora per qualche anno.

Avrei voluto parlarne con Isabella; lei aveva sempre intuito che c'era un'asprezza, un fondo viscerale all'origine delle azioni delle persone e che bisognava leggerci dentro come l'aruspice. Salire dalla terra al cielo.

Marco era stato la causa del nostro allontanamento. Glielo avevo presentato davanti ai cancelli della scuola. Appoggiato al muretto dei fidanzati, dall'altra parte della strada, mi aspettava. Era la prima volta che un ragazzo mi veniva a prendere a scuola. Temevo la reazione di Isabella, uno dei suoi commenti improvvisi. Mi camminava accanto, con i libri senza copertina portati sottobraccio come degli stracci, i capelli rossi sottili legati sulle spalle con un nastrino di velluto, il viso senza trucco, ora che avevamo abbandonato il regno di Marinella. Pensai che forse Marco si sarebbe innamorato di lei. Non riuscivo a capire perché non si innamorassero tutti di lei.

Anche ora, quando mostro a qualcuno le fotografie che ho nel portafoglio – quella in cui mi guarda bambina furbetta nascosta tra gli alberi del nostro giardino e l'altra, di molti anni dopo, mentre cammina sola sul bordo della spiaggia che l'ha vista per l'ultima volta, con i pantaloni stretti, la maglietta bianca e si volta sorpresa e sorridente – mi aspetto una reazione incantata, come le mamme con le fotografie dei loro bambini, ma solo pochi si accorgono della sua bellezza.

Così accadde quel giorno. Marco le strinse la mano intimidito, senza guardarla veramente.

"Allora auguri e figli maschi!" ci disse ridendo del nostro imbarazzo, "e guarda che i cattolici ne fanno molti di bambini."

Se ne andò per la sua strada, lasciando da quel giorno a Marco il diritto di riaccompagnarmi a casa. In silenzio scivolò fuori dalla mia vita come la volta in cui mia madre ci aveva diviso di stanza.

Dopo cena lavavo i piatti e facevamo l'amore nel mio letto stretto, senza spogliarci, prima di rimetterci a studiare.

In quegli anni riuscivo ad amare solo ciò che mi era familiare. Avrei trasformato in fratello, sorella, mamma, papà, qualsiasi amante o amico avessi incontrato. Volevo che Marco si vestisse sempre allo stesso modo, i pantaloni di velluto blu, le clark ormai senza colore, la camicia celeste, il pullover bordò con le toppe cucite da sua madre. Gli avevo anche regalato una confezione di saponi neutri perché profumasse di me. Lui ci stava, probabilmente l'amore con la sorellina lo rassicurava. A volte rimpiangevo l'illusione della prima volta, quando mi ero spogliata davanti al suo sguardo allibito e aveva pensato che ero una ragazza esperta.

La domenica andavamo a messa. Cantavamo con rabbia, fieri di quelle parole nuove per un altare. Non guardavamo nessuno, né le facce felici dei suoi genitori né le vecchiette sorde della prima fila, con il cappellino di velluto, che sorridevano intonando fuori luogo l'*Ave Maria* di Schubert.

Di quegli anni rimpiango la vicinanza di Dio ai nostri sentimenti.

La sera Isabella chiamava per sapere se i nostri genitori avessero telefonato. Poi, poco dopo, telefonavano loro, volevano essere sicuri che fossimo in casa, che andasse tutto bene. Quando lei rientrava, io dormivo già da ore nella casa deserta. Udivo appena il rumore degli stivali appoggiati piano sul pavimento davanti al letto. Seguiva il fruscio dei pantaloni lasciati cadere a terra. Isabella si infilava nel letto mezzo vestita, come faceva da bambina, rabbrividiva e sospirava silenziosamente prima di addormentarsi. Questi rumori felpati si insinuavano nel mio sonno leggero senza svegliarmi del tutto, ma solo dopo averli uditi riuscivo a dormire profondamente.

Una sera, mentre studiavamo, il telefono squillò prima del solito. La voce di Isabella era calda, categorica.

"Maria, vieni a prendermi."

Mi diede un indirizzo che appuntai velocemente sul margine del libro. La strada era una striscetta bianca appena tratteggiata ai margini della piantina.

Con la vespa di Marco attraversammo mille città che racchiudevano quella in cui vivevamo. Diventavano sempre più rari i lampioni, le insegne dei bar; sparivano gli alberi, ma in fondo alle stradine dai nomi esotici si distingueva la macchia scura della campagna vicina.

Poi, voltato un angolo, fu come se un incendio ci venisse incontro, insieme al crepitio delle sirene, delle ambulanze e delle auto della polizia. Uomini con gli elmetti correvano verso di noi come impazziti e una folla di gente lanciava pietre e fuggiva a ripararsi ovunque. Un fumo nauseante riempiva la strada. I rumori e le luci erano insopportabili. Marco venne spinto via quasi subito. Vidi un ragazzo raccogliere da terra la sua vespa con il motore acceso e sparire ingoiato dal fumo.

Vomitai da sola nel cortile di una fabbrica abbandonata; un gattino scheletrico affacciato a un bidone mi fissava interrogativo. Immobile contro il muro, vedevo passare gente che correva, altra che inseguiva. Alcuni si riparavano accanto a me, mi guardavano senza parlare, con gli occhi rossi, le lacrime mischiate alla polvere. Premevano sugli occhi spicchi di limoni e si gettavano di nuovo nell'inferno.

Tante volte negli anni ho ripensato a quella scena, diversa per me da tutte le altre che nel decennio successivo si sarebbero succedute diventando routine. Fu come un sogno di colpa. Non sapevo ancora cosa avesse scatenato la guerra, sentivo solo che quella gente non temeva come me il freddo della strada, la polvere, la bruttezza, il fumo e il sapore acre dell'asfalto. Mi vergognai del tepore della mia stanza e mi misi a piangere. Una ragazza scambiò il mio dolore con l'effetto dei lacrimogeni e mi tese uno spicchio di limone. Pensai che poteva essere un gesto di mia sorella.

1968-1975

4.

Lo chiamavano Occhiobello perché aveva un occhio bruno e uno verde. Il giorno che lo conobbi pensai che si erano innamorati per questo, perché tutti e due avevano un occhio diverso dall'altro. Ma né lui né Isabella parlavano mai di quell'anomalia comune. Si erano incontrati in una strada polverosa, senza marciapiedi né alberi, accanto a un grande magazzino. In quella strada era da poco crollato un palazzo costruito da un amico di mio padre. Alcuni studenti di architettura avevano distribuito un volantino davanti a scuola con nome e cognome delle persone morte. Isabella lo aveva appeso davanti alla sua scrivania, l'unica traccia della sua vita fuori casa.

Erano mesi che partecipava con Occhiobello alle assemblee dei senzacasa. Lo seppi alla prima riunione. La cercavo con lo sguardo mentre mi inventavo un posto a sedere nel garage affollato di gente. Marco era rimasto in fondo; si era portato un piccolo blocco su cui prendeva appunti come faceva all'università. Alla fine della notte di guerra, ci eravamo ritrovati sotto il mio portone. Qualcuno l'aveva colpito alla testa e del sangue gli colava sulla tempia. Ci eravamo abbracciati senza parlare. Isabella era rientrata a notte fonda, troppo sfinita per rispondere alle mie domande, mi aveva sussurrato di venire all'assemblea il giorno dopo.

Provo a radunare i ricordi di quella prima riunione, i discorsi, e non vedo che volti, sorrisi, risate, urla, argomentazioni fumose, contorte e altre umanissime. C'erano dei vecchi banchi di scuola ammonticchiati in un angolo. Dal palco di tanto in tanto raccomandavano urlando di non sedercisi sopra in tanti, ma puntualmente i discorsi venivano interrotti dal fracasso di un tavolo che crollava a terra. Di nuovo venivano richieste dalle persone sul palco le stesse cose, la serietà, il silenzio, e dopo qualche minuto un altro tavolo crollava come un birillo, accompagnato dalle risate di tutta l'assemblea.

La tragedia della notte prima era scomparsa, si era sciolta in una strana allegria surriscaldata, nevrotica. Mi pareva che solo il gruppetto intorno al palco sapesse cosa doveva decidere quella riunione. La maggioranza applaudiva, fischiava, accendeva sigarette e parlottava come durante una festa.

Mia sorella era appoggiata al muro, nella zona del palco, accanto a un ragazzo magro e alto, con i capelli stranamente corti, ben pettinati. Il viso di quel ragazzo era minuto, lo sguardo mutava continuamente espressione. Solo dopo averlo visto da vicino mi resi conto che ciò accadeva per via del colore diverso degli occhi. Isabella aveva acceso due sigarette insieme e ne tendeva una a lui, con un sorriso caldo e complice che non le avevo mai visto. Lui non la ringraziò né le sorrise, le diede solo un bacio rapido sulla bocca. Da lontano, vedendomi, Isabella mi fece segno di avvicinarmi, un gesto imperativo, ripetuto più volte, finché non mi decisi ad alzarmi per paura che qualcuno potesse notarmi.

"Questa è la mia sorellina intelligente," disse al ragazzo, mentre nel fondo del garage crollava un altro tavolo. "Stiamo sempre insieme, ma come vedi non ci somigliamo. Vedrai che in un attimo lei capirà tutti questi discorsi complicati, e se non fosse timida salirebbe anche sul palco a parlare."

Occhiobello mi tese la mano, una mano bruna, lunga come il corpo, con il palmo ruvido e calloso.

"Piacere," proferì educato ma con un tono che mi parve duro. Poi si voltò verso Isabella.

"Tutti sono capaci di parlare quando sono qui e poi scappano come lepri davanti alla polizia. Le riunioni, da ora in poi, bisognerà farle ristrette, se no non si riesce a decidere nulla."

"E chi sarà ammesso a queste riunioni?" gli chiesi.

"Lo vedi com'è intelligente mia sorella, lei sì che sa risponderti!" sorrise, accarezzandogli i capelli dietro l'orecchio. Lui le allontanò la mano, riprese ad ascoltare ignorando la mia domanda.

Dopo l'assemblea ci incamminammo tutti e quattro fino alla fermata dell'autobus. Occhiobello abitava nel quartiere, ci accompagnava. Non aveva avuto il coraggio di salire sul palco a parlare e la timidezza si era trasformata in rabbia.

"Il punto non è più la casa che abbiamo occupato, quella è

nostra e non si tocca. Il punto è la nostra vita che in questo quartiere fa schifo. Gli studenti sono venuti e hanno fatto bene, hanno smosso le acque, ma ora dobbiamo decidere noi quello che ci conviene. I discorsi che facevano sul palco sono aria fritta."

Parlava con violenza, rosso in viso. Il nostro silenzio lo faceva sentire insicuro. Noi tacevamo per rispetto, con quel senso di colpa nuovo che non ci abbandonò mai in quegli anni; lui era la vittima e aveva più diritto di noi di parlare.

Prima di lasciarci, Marco gli strinse la mano e gettò lì l'argomento capitale, quello che sarebbe diventato – non lo sapevamo ancora – il fondamento del pensiero teologico di quegli anni.

"Hai ragione a non accontentarti solo della casa, questa occupazione deve diventare una buona occasione per cambiare tutto. Non dobbiamo affidarci al buon cuore dell'Istituto case popolari. E poi bontà e cattiveria non dipendono dalle persone ma dai rapporti di classe."

Occhiobello lo fissò un momento in silenzio poi gli sorrise. Un sorriso aperto, infantile, da ragazzino che ha fatto goal giocando a pallone per strada.

"Giusto! Quello che volevo dire! Non abbiamo bisogno della bontà di nessuno, e poi la bontà è una cosa da preti."

Marco mi lanciò uno sguardo, ma era superfluo, non avrei confessato in quel contesto il nostro peccato comune, le messe cantate della domenica.

"Ma a loro piacciono molto i preti, sai!" disse ridendo Isabella. Ci voltammo tutti e tre verso di lei. Era rimasta indietro, ci guardava.

"Diciamo che abbiamo una formazione cattolica, ma in Italia chi non ce l'ha!" si giustificò Marco con una risatina imbarazzata. Io non aggiunsi niente, guardavo Isabella con la coda dell'occhio: si morsicava il labbro, fissando un punto lontano davanti a sé, come quando da bambina pensava a chissà cosa.

5.

Vorrei che fosse lei a scrivere di me. A radunare i pensieri su quegli anni lontani secoli. A giustificare la mia vigliaccheria, il mio bisogno di certezze. Forse mi descriverebbe diversa da come sono; l'affetto le farebbe abbellire il mio aspetto, la mia mente, la indurrebbe a dare incanto alle mie azioni, come forse succede a me scrivendo di lei. Vorrei tanto che fosse lei a scrivere di me. La sua esistenza finita mi appare una perdita universale. Ogni giorno mi chiudo in questa stanza a scrivere di lei e di me. È un posto estraneo, nessun oggetto mi appartiene, per questo mi sembra pieno della sua presenza. Non voglio nessun visitatore qui, nessun amico. Sul tavolo ho sistemato le due fotografie di lei, quelle del portafoglio, e una cartolina che mi aveva mandato da un viaggio. La sua ultima lettera l'ho lasciata a mia madre.

Quegli anni politici, gli anni della nostra giovinezza, non hanno cambiato profondamente il corso della mia vita. Mi sembrano lontani, vuote le parole. Volevamo calzare il mondo in un'idea vecchia di un secolo. Altre in giro non ce n'erano. Ma molti sentimenti di allora sono rimasti vivi, integri dentro di me, come quelli che ci scambiammo la sera, tornate a casa. Isabella era seduta sul mio letto, mangiavamo un panino rubato in cucina.

"Mi chiedo perché dobbiamo andarci, io mi sento inutile, fuori luogo. Non capisco cosa dobbiamo fare, forse se avessimo finito la scuola, ma così..." le dissi, godendo il caldo delle coperte dopo l'umidità e la polvere del garage.

"Io mi sento più a casa lì che qui," mi rispose senza esitare.

Le lanciai uno sguardo a metà, nascosta da un lembo della coperta.

"A me invece quel posto fa paura, mi viene freddo nelle ossa e voglia di vomitare."

Isabella scoppiò a ridere.

"Non lasceresti la tua scrivania e il tuo letto neanche se ci fosse la guerra."

Provai a difendermi, ma sentivo che aveva ragione sul fatto che mi sarei volentieri sottratta a ogni azione.

"E perché dovrei farlo? Sento che devo studiare, cercare di essere felice senza fare del male agli altri, aiutarli se posso. E comunque la guerra non c'è."

Non mi ascoltava. Il suo sguardo era perso nel soffitto, in un infinito lontano, nell'intrico invitante di un bosco di fiabe. Mi parve di stare tra i bambù della nostra infanzia.

"Mi piacciono le persone diverse da me, Maria, voglio avere freddo per la strada e poi caldo accanto a Occhiobello e ascoltarlo parlare. Mi piace sentire che non tolgo niente a nessuno, che la vita è di tutti, lì lo sento più che qui."

"Però lui non è molto gentile con te," le dissi, urtata dal suo lirismo.

Tornò sulla terra, mi guardò rattristata.

"A me non interessa che sia gentile e che mi dia sempre ragione, come fa Marco con te. Ci siamo conosciuti per strada, abbiamo chiacchierato e lui mi ha invitato a casa sua. Il padre è in carcere per furto e la madre fa la cameriera. Ha quattro fratelli e una sorella. Quando ci sono andata, erano tutti fuori a lavorare. La casa, quella che hanno occupato, ha solo due stanze, ma tutto era in ordine e pulito. Ci siamo preparati della pasta al burro e poi siamo andati nella stanza sua e dei fratelli. Si è seduto sul suo letto e mi ha chiesto se volevo fare l'amore. Mi sono spogliata subito, non avevo paura né vergogna."

Qualcosa in comune l'avevamo, pensai. Le feci spazio accanto a me, come ai vecchi tempi.

La sua pelle bianca non aveva più lo stesso odore infantile, ora odorava di esterno. Mi venne in mente il gattino scheletrico incontrato nel palazzo in cui mi ero rifugiata.

"Sei innamorata di lui?" mi sembrava buffo pronunciare quelle parole ad alta voce.

"Ho sempre voglia di toccarlo, e questo a lui non piace. Mi sembra di appartenergli in qualche modo e forse lui ne approfitta. Ma poi, quando lo vedo, non me ne importa niente. E tu, sei innamorata?"

Ci pensai un po' su, come al solito.

"Gli voglio bene, ma ci metto molto tempo a capire i miei sentimenti. Mi sembra così difficile riuscire ad amare qualcuno."

Mi soffiò nell'orecchio ridendo.

"Lo so bene."

Dei nostri sentimenti non parlammo per molto tempo.

Il garage si trasformò in una sede politica e le persone sedute anarchicamente sui tavoli divennero dei militanti. Marco, come era nelle premesse, diventò un dirigente della nuova organizzazione. Cantava bene anche in chiesa, accompagnandosi con la chitarra, accentuando alcune strofe delle canzoni; in alcuni passaggi abbassava la voce fino a renderla impercettibile ed esplodeva in altri facendoci venire le lacrime agli occhi. Con la stessa tecnica riusciva a semplificare, a rendere toccante la realtà squallida di quei quartieri senza strade, senza giardini, a farci sentire impossibile una felicità solo privata. Le sue parole e i discorsi degli altri davano senso al nostro impegno, alle azioni che di volta in volta ci trascinavano da un quartiere all'altro, da una manifestazione all'altra, da uno scontro all'altro. La felicità di quegli anni, che ora appaiono a tutti solo lividi di odio, risiedeva nel sentimento semplicissimo che Isabella aveva espresso quella sera:

"Mi piace sentire che non tolgo niente a nessuno, che la vita è di tutti".

Malgrado l'attività politica, Marco riuscì comunque a laurearsi, mettendo nel piano di studi tutti gli esami ammessi di teoria marxista e storia del movimento operaio. Trovò un lavoro precario all'università; io presi la maturità e mi iscrissi a Economia e Commercio.

6.

Di nuovo cerco di radunare i ricordi delle lontananze e dei riavvicinamenti tra me e mia sorella. Isabella non era riuscita a prendere la maturità, in realtà non ci aveva neanche provato. Dopo un litigio durissimo con mio padre, se n'era andata di casa. Il giorno della sua partenza, mia madre piangeva, chiusa in camera per non udire le urla e gli insulti che si scambiavano. Isabella fece le valigie, mi salutò quasi senza guardarmi. Partiva con Occhiobello per Torino, dove l'organizzazione avrebbe dato loro una casa.

Nel silenzio ero seduta sul divano marrone della nostra stanza, il nostro divano. Guardavo le due scrivanie, le fotografie fissate con le puntine rosse, il giradischi. Non riuscivo a piangere, non potevo reagire in nessun modo, tutto mi pareva fatale, inevitabile, e sentivo che la nostalgia e il dolore erano fuori luogo. Vedevo con chiarezza la separazione imminente dei miei genitori, ora non avevano più motivi per rimanere insieme (mi sbagliavo perché unirono le loro debolezze fino alla morte), la nostra separazione, e mi chiedevo chi sarei stata senza di lei. Com'era possibile rivedersi ogni tanto, scriversi, o rispondere qualche volta alle domande casuali di qualcuno:

"Sì, ho una sorella".

Chiusi gli occhi. Il bosco di bambù della nostra infanzia mi apparve in un lampo nella luce bluastra di un pomeriggio invernale, vidi i suoi occhi rivolti verso frammenti di cielo, le sue gambe magre sporche di terra, la sua bocca che mordicchiava uno stelo d'erba e sorrideva. Mi resi conto all'improvviso che quella bambina mi apparteneva per sempre.

Io e Marco ci sposammo qualche mese dopo in municipio, una mattina che avevamo voluto come le altre. Ai miei genitori e ai suoi raccontammo di essere diventati marito e moglie e di aspettare un bambino, solo dopo averlo deciso tra noi, senza chiedere nulla. Mia madre si offrì di aiutarmi economicamente fino alla fine dell'università. Mi abbracciò e diede un bacio a Marco, sussurrandogli qualcosa all'orecchio.

Avevamo trovato un appartamento a San Lorenzo e avevamo deciso di dividerlo con due operai napoletani che lavoravano nell'organizzazione e dormivano abusivamente alla Casa dello studente. Una casa solo per noi ci pareva un lusso inconcepibile. L'appartamento cadeva a pezzi, i bagni erano fatiscenti. Mia madre venne a visitarlo un giorno con il suo regalo di matrimonio, una preziosa teiera di Sèvres, dono di nozze di sua madre. Fortunatamente, dentro la teiera aveva nascosto anche un assegno. Il denaro mi servì per arredare e per ridipingere con l'aiuto di Antonio, uno dei due manovali napoletani che abitavano con noi, la cucina, la nostra stanza e quella del bambino.

Il bambino che aspettavo era diventato il centro dei miei pensieri. Ogni sera, dopo cena, sistemavo sul tavolo della cucina i libri d'esame. Studiavo statistica, economia politica, matematica. Ogni tanto entrava Antonio, si accendeva una sigaretta con la fiamma del gas e m'interrompeva per chiacchierare.

Antonio era disoccupato, un amico l'aveva portato a Roma per fare politica, ma come me si sentiva incapace di concepire progetti arditi. Era piccolo e biondo come sua madre, di cui mi aveva mostrato la fotografia. Fumava continuamente e pensava che la rivoluzione gli avrebbe fatto finalmente capire qual era il suo posto nella vita. Per il momento accantonava ogni decisione. Quando lo rimproveravo perché fumava troppo, mi rispondeva che non era il momento di smettere, che dopo (pensavo alludesse anche in quel caso alla rivoluzione imminente) ci avrebbe pensato. Ogni tanto, mentre fumava aspirando il fumo fino all'ultimo fiato, mi sorrideva tranquillo.

"Sei tu che non devi fumare, Maria. I bambini hanno bisogno sempre delle stesse cose."

Marco non c'era mai, usciva tutte le mattine all'alba; andava in giro per cantieri a organizzare riunioni, assemblee e occupazioni. La notte si infilava gelato nel letto, mi veniva vicino per scaldarsi, mi accarezzava il ventre e facevamo l'amore senza parlare. In quel periodo mi sentivo più sposata con Antonio che con lui.

Io e Antonio facevamo la spesa insieme al mercato. Ci piaceva scegliere la frutta e la verdura meno cara; amavamo tutti e due le bancarelle, gli odori del mercato e il viavai di gente di quel quartiere che era diventato il nostro. Prima di tornare a casa, ci fermavamo a prendere il caffè. Per non farmi stancare, lui si caricava i sacchi della spesa. Mentre tornavamo a casa, pensavo che anche in quel caso avevo scelto la parte della vita immutabile, indifferente ai cambiamenti.

Ero diventata bravissima a pulire la casa in fretta, a stendere i panni, a stirarli in modo approssimativo e a studiare in ogni ritaglio di tempo. Pulivo il gabinetto comune senza consumare troppo detersivo; facevo molte cose contemporaneamente e annotavo via via su un foglietto che tenevo in tasca quello che mancava. La mia nuova vita mi pareva avesse anche un lato avventuroso. Entravo nei negozi con poche lire in tasca e calcolavo mentalmente cosa potevo comprare, rischiando fino alle ultime cento lire. Mentre la cassiera faceva il conto, mi batteva il cuore. Quando uscivo dal negozio, con il portafoglio vuoto e il cibo sufficiente per tutti, mi sentivo felice.

Mia madre veniva a trovarmi, con i capelli tagliati corti, il viso pallido, la sigaretta in bocca. Si sedeva in cucina e mi guardava fare con ammirazione, non riusciva a crederci. Se rifletto su quegli anni dal mio punto di vista, mi pare che fossi la sola tra quelli che conoscevo ad avere compiuto una vera rivoluzione, ad avere fatto un salto di classe, da quella borghese a quella proletaria.

Tacitamente io e Antonio eravamo diventati i casalinghi del gruppo diretto da Marco. Tutte le sere preparavamo da mangiare per una decina di persone che arrivavano da ogni regione d'Italia. Dopo cena ci ritrovavamo soli in cucina a lavare i piatti sporchi di sugo e di cicche.

Qualche volta, mentre studiavo, mi veniva da piangere. Antonio diceva che mi succedeva perché ero incinta. Lui se ne accorgeva subito e mi preparava il caffè con la macchinetta napoletana che aveva portato da casa.

Antonio mi è rimasto nel cuore, anche se non l'ho più rivisto da allora. Quando sono triste e incapace di dare un ordine ai miei pensieri, vado a passeggiare in un mercato, e penso a lui e al bambino che era con noi.

Tutti i mesi andavo all'ospedale per la visita di controllo, e ogni mese mi pesavano di più i movimenti per salire sull'autobus, per arrampicarmi sul lettino. Durante la visita, sentivo un dolore lontano, presagio di una lacerazione che non sapevo ancora immaginare. D'altronde, nessuna delle donne che aspettavano la visita con me ne sapeva nulla. Pensavamo fosse l'evento più bello e naturale del mondo, e andavamo avanti trattate senza garbo dalle infermiere e dai medici. Qualche volta provavo invidia per chi veniva accompagnata dal marito. Non lo avrei mai chiesto a Marco; si era anche offerto una volta, ma a me piaceva l'idea di farcela da sola.

La notte, prima di addormentarmi, pensavo al mio bambino. Le fantasie su di lui erano sempre associate agli odori del mercato, alle mie passeggiate con Antonio, ai parchi in cui vedevo correre altri bambini, ai viaggi che avrei fatto con lui sulle spalle, a paesaggi lontani. Il pensiero del bambino mi dava una forza che sentivo di non avere mai posseduto. A mano a mano che si avvicinava il parto, quei colpetti rapidi, imperiosi, si insinuavano nelle discussioni sull'autonomia della lotta operaia, sulla controinformazione, e come sempre, quando la vita mi sorprendeva, pensavo a mia sorella lontana.

Nei primi tempi, quando avevamo ancora il telefono, Isabella mi chiamava qualche volta; telefonate rapide per chiedermi come stavo e per rispondere appena alle mie domande. Tutt'e due odiavamo il telefono. Non ci scrivevamo e ora mi chiedo perché. Mi sembra che avessi appena il tempo, la sera, di leggere le pagine del libro d'esame. Immaginavo la sua vita a Torino come quella di Marco, piena di impegni politici, di serate, di discussioni fino a tarda notte. E comunque, anche da bambina, uno dei suoi giochi preferiti era sparire.

Un giorno seppi da Marco che inspiegabilmente, dopo essere andata per mesi con Occhiobello davanti ai cancelli della Fiat a distribuire volantini, si era staccata dall'organizzazione, si erano lasciati. Ora lavorava in un bar, divideva un appartamento alla periferia torinese.

Questa notizia fu la causa di una delle prime fratture tra me e Marco. Non mi ricordo come Isabella entrò nel discorso; non credo lui volesse insultarla né provocarmi, ma l'aria di sufficienza con cui mi annunciava che era andata via senza rendere conto a nessuno della sua decisione, senza "rassegnare le dimissioni dall'incarico che si era assunta", mi parve riguardare anche la nostra vita. Mi chiesi d'un tratto quale fosse il mio incarico, e quando avrei potuto dimettermi.

“Non fare confusione, Maria, sei nervosa e stanca, se vuoi non parliamo,” concluse con rabbia. Era seduto sul letto e si slacciava le scarpe. Lo faceva sempre allo stesso modo, lentamente, e dopo andava in bagno a spogliarsi. Quando tornava, ci aveva ragionato su, si esprimeva senza astio, tranquillamente, aveva ricacciato indietro la rabbia. Lo fermai sulla porta.

“No, non sono più stanca di altre sere. Voglio sapere cosa doveva dire e a chi per giustificare la sua decisione. Chi ha chiesto a me e ad Antonio di fare quello che facciamo, e a te, e agli altri?”

“La nostra vita, il bambino e tutto il resto è una decisione privata, Maria, quella di tua sorella no. Ci sono riunioni in cui si decidono delle cose e devono essere rispettate.”

“Anche la sua può essere stata una decisione privata, forse nessuno è in grado di capirla; dove, con chi si parla di questo tipo di decisioni, quando ne parliamo anche noi? Le decisioni non si prendono una volta per tutte. Io certe volte non so se abbiamo fatto bene...”

Mi veniva da piangere. Pensai ad Antonio che certo non dormiva e ci ascoltava.

Marco si voltò verso di me lentamente.

“Noi vogliamo stare insieme, vero Maria? Ovunque vado, so che ci siete voi due qui.”

Si sdraiò sul letto e mi abbracciò. Il mio ventre respingeva il suo corpo, lo teneva distante.

“Ho sempre paura che quando nascerà sarai lontano, Marco,” gli sussurrai.

“Non ti preoccupare, verrò in ospedale, farò qualsiasi cosa per starti vicino,” mi rispose.

Ma non era quella la lontananza che temevo.

Da mia madre avevo poche altre notizie di Isabella: le telefonava ogni tanto, le chiedeva di inviarle un po' di soldi.

“Ha una voce allegra, su di giri. Mi ha chiesto di te, mi ha detto di salutarti. Prova a chiamarti ma non trova mai nessuno. Al bar dove lavora non si può telefonare e il telefono a casa glielo devono ancora mettere. Veramente, Maria, non riesco a trovarti mai neanche io, ogni volta mi viene un colpo e penso che sei andata in ospedale. Ma perché lo staccate sempre?” mi chiese con l'aria di chi non può immaginarsi un'altra spiegazione.

Evitai di dirle che il nostro telefono era diventato un soprammobile, che ce l'avevano staccato. Mi sembrava di dipendere già troppo da lei. Mi parlò di mio padre con lo stesso tono assente, vago.

"Ha chiuso l'ufficio, dobbiamo vendere la casa e andare in affitto. Ma non m'importa, è diventato più comprensivo, più dolce con me. Certe sere parliamo fino a tardi. Mi chiede anche di Isabella, avrebbe voglia di vederla, ma lo sai com'è, non fa mai il primo passo. Anche la storia con quella, sai, quella signora..."

"La signora Gagliarini," dissi, scandendo bene le parole come avrebbe fatto Isabella.

"Sì, non mi piace che la nomini. Credo sia finita. Non lo so, certe volte penso che andremo a vivere in una casetta in campagna, noi due soli e che in fondo staremo bene. Potresti portarci anche il bambino a prendere un po' d'aria."

La rividi a trent'anni, con gli occhiali da sole bianchi, i capelli biondi sfuggiti al foulard, mentre saliva sulla spider di mio padre sorridente come una diva. Forse tutte le famiglie ricche del dopoguerra si erano frantumate come la nostra, pensai, e la rivoluzione di cui discutevamo tanto era già avvenuta senza che ce ne rendessimo conto.

All'ingresso di casa vidi degli zaini e delle valigie. Un cappellino di lana rosso e un mazzo di anemoni rossi e blu erano appoggiati su una telecamera accanto ai sacchi. Da quanto tempo non compro fiori, pensai. Quel cappello di lana rosso sembrava fatto per stare accanto agli anemoni. Seppi che era tornata ancora prima di udire la sua voce. Era stesa sul letto, con le scarpe appoggiate sulla coperta. Si era tagliata i capelli. Chiacchierava con Antonio e rideva. La sua presenza riempiva la stanza di leggerezza, di gioia, di precarietà. Sulla sedia a dondolo accanto al letto, era seduto un uomo con i lunghi capelli biondi raccolti in una coda; fumava la pipa. Nella stanza si allungavano e sfilacciavano anelli di fumo. Pensai con sollievo che Marco sarebbe rientrato l'indomani.

Isabella si alzò di scatto e mi baciò, appoggiando una mano sulla mia pancia che spuntava dal cappotto.

"Maria, arrivo giusto in tempo, di' la verità. Lui è Leo, è olandese, non parla una parola d'italiano. Ormai parlo l'inglese perfettamente, vero Leo? Antonio mi ha raccontato tutto di te, di Marco, degli esami. Sei troppo brava, Maria. Ma come fai a fare tutte queste cose, eh? Non sei stanca, Maria?" mi chiese alla fine, seria, fissandomi negli occhi.

Ci sedemmo sul letto una accanto all'altra, con i due uomini che ci guardavano. Non riuscivo a parlarle.

"Non so se ho comprato abbastanza da mangiare per tutti," mormorai. "Questa sera dovevamo esserci solo io e Antonio."

"Ma a cosa pensi, Maria! Andiamo a mangiare una pizza. Ti devo raccontare tante cose, stiamo qui solo due giorni e poi partiamo. Prima in Olanda, dai suoi e poi fino alle Far Øer, lo sai dove sono? In capo al mondo!"

Mi indicò il ragazzo imperturbabile, il fumatore di pipa.

"Mi ha preso come sua assistente. Leo è un regista della televisione olandese. Me ne vado, Maria. Ma prima, gli ho detto, devo passare a salutare mia sorella. E mamma, come sta?"

Era cambiata, dimagrita. Parlava rapidamente, mangiandosi le parole e con una frenesia nuova nella voce. Anche la pagliuzza dorata dell'occhio sinistro era meno visibile. Finalmente riuscii ad abbracciarla e a sorriderle.

La sera, a cena, parlò ancora di più, parlò per tutti. Ogni tanto traduceva a Leo e gli sorrideva, ma non come sorrideva a Occhiobello ai tempi delle riunioni nel garage. Non lo toccava, sembrava avere timore di apparirgli troppo espansiva. Mi sembrava più controllata e, malgrado si affannasse a raccontarci la sua vita, a tradurre le nostre reazioni a Leo, sentivo che taceva la parte più importante, quella che l'aveva trasformata. Ci raccontò del bar in cui aveva lavorato. Anche lei era diventata bravissima a preparare cibi, a servirli, a lavare piatti, bicchieri e tazze. Antonio ci consigliò di aprire un ristorante e di chiamarlo "Le due sorelle". Lui avrebbe volentieri servito ai tavoli.

"Almeno diventiamo ricchi!" disse ridendo.

Quando ritornammo a casa, eravamo tutti e quattro ubriachi di birra e di risate. Leo sistemò il suo sacco a pelo in cucina. Antonio ci baciò tutt'e due, dicendoci che eravamo una coppia di sorelle fantastiche e sparì nella sua stanza. Ci addormentammo quasi subito nel mio letto coniugale, il tempo di salutarci e di incrociare al buio qualche altra battuta.

Sognai che mi nascevano due bambini, un maschio e una femmina. La bambina appena nata già cullava il fratellino, gli dava da mangiare e lo cambiava. Poi mi accorgevo che quella bambina ero io e il neonato quello dei miei sogni. La bambina era così piccola che non riusciva a tenerlo in braccio, faceva cadere il biberon e i pannolini, piangeva sconsolata per la sua incapacità.

Mi svegliai con un sapore pesante in bocca e la voglia di vomitare. Il letto accanto a me era vuoto. Percorsi senza fare rumore il corridoio fino alla cucina. Udivo grida trattenute e colpi leggeri di corpi. Avrei dovuto tornarmene a letto, ma non potevo; era più forte la curiosità di vederli. Tante volte avevo immaginato mia sorella con un uomo. Ci eravamo scambiate tutto da bambine e poi da ragazze, vestiti, biancheria, pensieri, sogni. Ora capivo che avevo sempre cercato di immaginare come fosse nell'intimità con un uomo. Forse anche a lei venivano naturali quei miei gesti timidi e familiari che piacevano a Marco, come se il suo corpo fosse anche il mio. Non c'era mai stata l'idea del peccato nel nostro amore; né frasi sconce eccitanti che invece ci facevano ridere.

La vidi di schiena, su di lui, il viso rovesciato all'indietro, con gli occhi chiusi. Stringeva un seno con una mano, come cercasse di strapparlo e allo stesso modo sembrava strappare al corpo di Leo il suo piacere, muovendosi leggera e tenace, fino a un culmine conosciuto solo da lei, lontano, indifferente a quello di lui. Tornai indietro in punta di piedi.

Infilai le mani gelate sotto le coperte, le scaldavo sul ventre teso in cui il bambino ora non aveva più spazio per muoversi. Poco dopo udii i suoi passi nel corridoio; scostò le coperte con irruenza e si infilò nel letto.

"Dormi?"

"No, ho avuto un incubo e mi sono svegliata proprio ora." Non volevo darle il minimo sospetto che avessi assistito al suo amore notturno.

"Marco ti ha detto qualcosa di me e di Occhiobello, Maria?"

Esitai un istante.

"Sì, che te ne sei andata dall'organizzazione senza dire niente a nessuno, che vi siete lasciati. Gli ho detto che ognuno è libero di fare quello che vuole."

"Sì, questo è quello che è successo, ma non solo questo."

"Avresti potuto dirmelo."

Esitò anche lei prima di rispondere.

"Avrei voluto, ma non sapevo se raccontartelo. Aspetti il tuo bambino e non volevo turbarti. Ma ora me ne vado e voglio che tu sappia la verità. Mi è capitato di assistere a una scena terribile, Maria. C'era anche Occhiobello, ma lui non ha reagito. E neanche io. Così dopo l'ho lasciato. Niente di quello che dicevano lui e gli altri mi pareva fosse più vero. Non lo amavo più."

Mi venne accanto, cercava la mia mano, la strinse.

"Eravamo a un festival dell'Unità, eravamo in tanti. Una lunga tavolata di provocatori, come ci chiamano quelli del partito. Ma non è questo. Discutevamo e ridevamo, come stasera. Ero felice, anche se qualche volta, come dicevi tu, mi ero anche sentita fuori luogo. Ma non quella sera. Accanto a noi c'erano tanti tavoli. Il ristorante era pieno di famiglie di operai con i loro bambini. Ti ho pensato. Poi ho cominciato a guardare un tavolo accanto al nostro, non proprio vicino. Dovevo sporgermi per osservarlo. Un marito e una moglie con due bambini. Il maschio era piccolo e mangiava in braccio alla mamma. Accanto al padre era seduta la bambina. Era magra, tanto magra e piccola che sembrava malata. Non si parlavano. La mamma imboccava il bambino grasso in silenzio. Il padre mangiava con la testa nel piatto. La bambina aveva un viso pallido, si guardava intorno spaventata. Era spaventata a morte. La guardavo e cercavo di capire il perché; poi ho visto. Il padre, di tanto in tanto, la incitava a mangiare con parole che nel frastuono non udivo. Le pizzicava il braccetto che non aveva quasi carne. Prima ho pensato che era solo un modo un po' brutale di educarla. Tanti picchiano i bambini qualche volta ma li amano. Poi ho visto che le mordeva la manina, avvicinava la bocca al collo e alla guancia, faceva finta di darle un bacio e la mordeva. Il morso sembrava un bacio. La bambina si lasciava fare e guardava lontano, come se avesse lasciato su quella sedia solo il suo corpo vuoto, martoriato, ma la sua anima e i suoi pensieri fossero altrove. La madre ogni tanto faceva segno al padre di non esagerare, si guardava intorno spaventata che qualcuno potesse notarli. Nel frastuono, vedevo quei gesti ripetuti, orrendi. Gli occhi arresi della bambina non incrociavano mai quelli del padre, non guardavano nessuno. Ho indicato la scena a Occhiobello. Anche lui li ha osservati a lungo, senza farsi notare. 'Cosa dobbiamo fare?' gli ho chiesto. Dopo un po', mi ha risposto: 'Cosa ne sai tu della loro vita? Quello magari ha lavorato dieci ore in fabbrica da quando era bambino. Come puoi giudicarlo tu?'."

Isabella tacque. Tacevo anche io, annichilita, come probabilmente si era sentita lei quel giorno. Non le chiesi come avesse reagito perché me lo aveva già detto prima di iniziare il racconto. Non avevano fatto nulla, avevano finito di mangiare e si erano alzati. Erano passati accanto al tavolo distogliendo lo sguardo e l'indomani erano andati davanti alla fabbrica, come tutte le mattine, senza parlarne più.

"So che quella bambina la dimenticherò, Maria. Non si può vivere se non si dimenticano queste cose. È giusto anche farlo, secondo me. Non credo a quelli che dicono di non riuscire a essere felici perché c'è troppo orrore nel mondo, mentono. Ma non voglio vivere trovando giustificazioni all'orrore, magari perché non quadra con quello in cui vogliamo credere. Ci ho riflettuto. Certe volte pensavo: 'È un caso tra tanti, non devi soffrirne troppo, la violenza, la sopraffazione del debole esistono da sempre. Non significa nulla andarsene'. Poi un giorno ho capito che l'unica cosa che avrei voluto fare era portarmi in giro quella bambina, neanche salvarla, o accudirla, o farle del bene, solo portarla in giro con me e farle vedere il mondo, guardarlo insieme, senza toccarlo. Solo a te posso dire queste cose, Maria."

Mi avvicinai a lei e l'abbracciai. Per un attimo mi parve di abbracciare quella bambina che chissà che fine avrebbe fatto.

L'indomani mia sorella andò a trovare i nostri genitori e ripartì con Leo. Mi lasciò sul tavolo della cucina gli anemoni e un bigliettino: "Sono per te e per lui. Non lo amare più di me".

Non l'avrei rivista per molto tempo. Da quel giorno, ogni volta che capito davanti a un fioraio e vedo degli anemoni freschi, blu e rossi, ne compro un mazzetto e lo porto a casa.

7.

Il parto di mio figlio Emiliano, che Marco chiamò di secondo nome Vladimiro, avvenne il 9 aprile, giorno in cui era nato anche Vladimir Il'ič Lenin. Fu uno scherzo organizzato all'anagrafe da Marco, Antonio e qualche altro amico che era andato con loro. Me lo dissero ridendo in ospedale, mentre cercavo maldestramente di allattarlo.

Ora sapevo perché nessuna donna riesce a raccontare l'esperienza del parto. Ogni parola che si può trovare nel vocabolario, dolore, sofferenza, contrazione, spasmo, male, è lontana dalla realtà come la più finta poesia d'amore dalla verità di un sentimento. Mi parve di avvicinarmi sempre più alla morte, e quando pensai che stavo per morire sul serio, nacque il bambino. Gli avvenimenti successivi della nostra vita mi paiono oggi legati a quella notte eterna, passata in solitudine, alla fine della quale nacque Emiliano.

Intorno al mio letto, vedevo i volti di mia madre, di Marco. Mi dicevano cose che mi parevano prive di significato. Non erano in relazione con lo sconvolgimento del mio corpo. Anche la presenza di mia madre non riusciva a essermi di aiuto.

"Devi andare fino in fondo," mi diceva il suo sguardo, "lascerai questa esperienza dietro le spalle, senza nome, come è accaduto a me."

Solo mia sorella, pensavo, avrebbe condiviso il mio terrore. Immaginavo di vederla arrivare da un momento all'altro. Avrebbe perso la pazienza con i medici, li avrebbe insultati e chiesto affannosamente agli altri:

"Bisogna fare qualcosa, subito, non può soffrire così".

Allora mi sarebbe tornato il coraggio e le avrei detto di stare calma, che tutto andava come doveva andare. La sua impulsività mi aveva sempre dato la forza di controllare le mie reazioni. Per la prima volta nella vita soffocavo in una solitudine abissale. Iniziai a urlare, a gettare loro in faccia le lenzuola, le coperte; mi pareva di arrampicarmi sul letto nuda, senza pudore, come un verme miserabile, come un'indemoniata.

E poi, finalmente, quando mi ero ormai abbandonata all'idea di essere sotto il dominio di una forza ineluttabile come la morte, l'urlo del bambino coprì il mio. Lo tenevo stretto, tutto bagnato, lo guardavo: era rugoso come un vecchio rimpicciolito. Avevamo subìto la stessa sorte, e la pena per lui cancellò istantaneamente la memoria di quello che mi era accaduto.

La mia vita con Marco, la politica, lo studio, ripresero a poco a poco. Quando mi alzavo la notte per dare il latte al bambino, udivo delle discussioni provenire dalla cucina. Non avevo più tempo di occuparmi della casa, di fare la spesa, di cucinare per tutti; il disordine e la sporcizia erano dilagati a poco a poco in tutto l'appartamento, tranne che nella stanza del bambino dove ora dormivo. All'inizio mi era sembrata solo una soluzione pratica, dato che io e Marco avevamo orari diversi; poi mi resi conto di non avere più voglia di dividere il letto con lui. Mi davano fastidio i suoi movimenti felpati, quando rientrava tardi e si infilava come un ladro nel letto. La notte accendevo la luce sul comodino e lo fissavo mentre dormiva, indifferente al pianto del bambino. Per semplificare la vita, gli dissi, solo per qualche mese, per non dovermi alzare tutte le notti.

"Se pensi di stancarti di meno."

Non trovò altro da dire, ma sapevo di averlo ferito. Con la stessa caparbietà con cui lottava perché gli avvenimenti esterni prendessero la forma delle sue convinzioni, voleva convincersi che nulla fosse cambiato tra di noi.

Nella stanza del bambino avevo sistemato un letto singolo, accanto alla carrozzina di Emiliano, e un tavolo che mi serviva per cambiarlo e per studiare. La mia vita si svolgeva in quella stanza. Quando entravo in cucina per scaldargli il biberon o per prepararmi qualcosa da mangiare, c'erano sempre tre o quattro persone che discutevano e mangiavano cibi comprati alla tavola calda. Marco era spesso tra loro. Appena mi vedevano, in camicia da notte, con l'aria pallida e gli occhi cerchiati, tacevano tutti insieme come fosse entrato un fantasma. Marco si alzava e mi chiedeva:

"Preparo il biberon e te lo porto?".

"Lascia stare, non sai le dosi e poi sei lento. Il bambino piange," gli rispondevo brutalmente.

Non mi preoccupavo di apparirgli funesta, piena di risentimento. Mi sentivo brutta, ma neanche di questo m'importava. Ero attaccata solo al peso del bambino, ai sorrisi che mi faceva quando si svegliava, ai nostri luoghi: la stanza e il parco dove studiavo mentre lui dormiva. Marco si risedeva con gli occhi bassi e tutti tacevano finché non me ne andavo con il biberon in mano. Era un silenzio vecchio come il mondo: un gruppo di uomini che ammutolisce all'entrata di una donna nella stanza. Certe sere c'erano anche delle donne tra loro, ma le sentivo lontane. Erano le loro compagne. Forse Marco aveva fatto l'amore con una di loro in qualche viaggio o durante un convegno. Quando ci pensavo, mi assaliva una gelosia improvvisa di lui, della nostra famiglia che non si era mai costituita e, contemporaneamente, il desiderio di essere come una di quelle ragazze.

Sulla parete accanto al mio letto, avevo fissato, con le stesse puntine rosse della nostra adolescenza, le cartoline di Isabella. Non mi scriveva mai lettere, solo cartoline da posti lunari. Quando andavo a pranzo con il bambino a casa dei miei genitori, li cercavo sull'atlante. Accanto alle cartoline, avevo ricopiato alcuni frammenti di poesie di Sylvia Plath. L'economia aveva cominciato a stancarmi, come le parole che udivo prima di entrare in cucina. Mi parevano formule utili a capire solo ciò che si era deciso di vedere del mondo.

Qualche volta mi tornava in mente il racconto che mi aveva fatto mia sorella prima di partire, ma anche quello lo cacciavo via dai miei pensieri. Se ne era andata, come la sorella morta di mia madre. Invece io dovevo restare e avevo deciso di aprire, come tutti loro, solo la mia piccola, personale finestra sul mondo. Crescere il bambino, studiare per laurearmi, cercarmi un lavoro.

Ogni giorno mi chiudevo nell'unica stanza pulita della casa, accudivo il bambino, studiavo materie di cui non m'importava più nulla e rifiutavo i gesti concilianti di Marco. Mi parevano deboli tentativi di non perderci. Aveva messo tutta la sua energia, il suo tempo, in un'azione che gli dava l'alibi di posticipare ogni altra decisione su di sé, come accadeva ad Antonio con il fumo. Ma non stavo facendo la stessa cosa anche io?

La separazione da Marco mi sembrava inevitabile, ma non sapevo immaginare la mia vita senza di lui. Non riuscivo a prendere una decisione.

Ogni sera, stesa nel mio letto singolo, rileggevo i versi di Sylvia Plath prima di addormentarmi:

"Quel che voglio è quel che ero / prima che il letto, prima che il coltello, / prima che la spilla e l'unguento / mi fissassero in questa parentesi".*

Ma neanche questa frase mi corrispondeva fino in fondo. Cosa rivolevo indietro? Chi ero io prima della parentesi che stavo vivendo? Chi mi ci aveva costretto? Il destino, il mio carattere, l'insieme delle due cose? Tutte domande che restavano senza una risposta. E Isabella cosa cercava di afferrare con quegli spostamenti da un lato all'altro del mondo? Il testo delle cartoline si ripeteva con qualche variante: "Hai visto che bello? Hai visto dove sono arrivata? Un bacio a te e al pupo, anche da Leo".

Cos'era in fondo anche lei? Una fallita senza arte né parte, come diceva mio padre. Almeno stava ancora con Leo e non faceva l'amore con il primo uomo che le capitava.

Tutti quelli che mi circondavano mi erano estranei, tranne mia madre. Lei parlava poco, non mi chiedeva di Marco, anche se aveva intuito ogni cosa, si occupava di Emiliano quando ero all'università, sopportava mio padre e le sue sentenze. Ma era questa la vita che volevo?

La decisione di abbandonare quella casa mi pesava come restarci. In quell'appartamento si concentravano tutte le aspirazioni condivise con Marco, con Isabella, con Occhiobello, con Antonio. Il desiderio di verità nei rapporti personali che i miei genitori si erano negati; l'idea di una conciliazione possibile tra la vita privata e l'esistenza degli altri. Ma il rapporto con Marco ora mi sembrava più finto di quello tra i miei genitori. Loro avevano parlato, si erano amati, torturati, erano rimasti alzati la notte dicendosi menzogne, avevano sofferto di gelosia. Noi tacevamo come vecchi rassegnati.

* Sylvia Plath, *The eye-mote*, 1956; in Ginevra Bompiani, *Lo spazio narrante*, La Tartaruga, Milano 1978; tr. di G. Bompiani.

E l'esistenza degli altri mi appariva remota come quando abitavo dai miei.

Qualche volta, la domenica, andavamo ancora fuori città a mangiare tutti insieme, a stenderci sui prati recintati. Alcuni dormivano sull'erba, altri leggevano il giornale. Per lavorare nell'organizzazione a tempo pieno, gli operai avevano lasciato la fabbrica, gli studenti la scuola e l'università. Sapevamo discutere solo di riunioni, di strategie, di documenti. Eravamo dei militanti, cioè forse più nulla. Ma andarmene era ancora più difficile che restare.

8.

Non ricordo esattamente perché capitai a quella riunione. Qualche volta, alla vigilia di un esame, lasciavo Emiliano a dormire da mia madre. Di rado le chiedevo di tenermelo per andare a una manifestazione o per partecipare a una riunione. Da tempo non facevo politica attiva. La nascita del bambino mi giustificava agli occhi degli altri, e ancora venivo considerata una specie di militante onoraria. Credo che quella volta ci andai perché era morta una ragazza durante una manifestazione, le era scoppiato un lacrimogeno nel petto. Di morti in quegli anni ce n'erano stati già molti. I morti delle stragi, su cui si erano scritti libri e articoli di controinformazione per ricercare la verità dietro le tesi della polizia e dei giornali; i morti in piazza. Ma la fine di quella ragazza mi colpì personalmente. Forse, mi dico oggi, perché non sentivo più con chiarezza lo scopo delle nostre azioni e non osavo confessarlo né agli altri né a me stessa. La sua morte mi fece tornare i sentimenti di un tempo. Provai un sussulto di rabbia, una volontà di vendetta immediata. Lasciai Emiliano a mia madre e raggiunsi la sede dell'organizzazione.

Nella prima stanza si stampavano volantini per la manifestazione dell'indomani. Un gruppo di donne lavorava in fretta intorno al ciclostile, quasi senza parlare. Dalla stanza accanto si udivano provenire le urla della riunione in corso. Presi un volantino dalla pila già ordinata e fissai il volto sorridente della ragazza morta. Una fotografia di vacanza, forse data dai genitori, da un fratello o da un fidanzato, da chi tra vent'anni l'avrebbe ancora pianta e ricordata. Quel giorno era nei pensieri di tutti.

Entrando nella stanza colma di gente, mi accorsi che si erano formati due gruppi contrapposti. Uno si teneva in fondo alla sala e fischiava e inveiva contro l'altro, ammassato intorno al tavolo della presidenza. Marco era in quest'ultimo, non mi vide entrare; scriveva qualcosa, indifferente alle urla e ai fischi che accompagnavano ogni intervento.

Nello spazio lasciato tra i due gruppi c'erano delle panche vuote. Su una di queste panche era seduta una coppia solitaria e silenziosa. Sembravano capitati lì per caso; si somigliavano: bruni, molti capelli lei, e barba scura lui, giacche identiche. Di tanto in tanto si sorridevano, si sussurravano all'orecchio qualcosa, scambiandosi un bacio, ridacchiavano come fossero lì a godersi lo spettacolo. Per un po' stentai a capire di cosa si discutesse perché quei due mi distraevano. Non li avevo mai visti prima, ma ormai conoscevo poche persone. Capitava anche che entrassero, durante le riunioni, barboni o ragazzi del quartiere incuriositi dall'attività della sede. Tra le urla, nessuno li aveva notati.

Si discuteva sul comportamento che avrebbe dovuto tenere il giorno dopo, durante la manifestazione, il servizio d'ordine. Il servizio d'ordine era formato da gruppi di militanti pronti allo scontro con la polizia; sapevano prima degli altri il percorso delle manifestazioni, portavano a tracolla sacchi con bottiglie molotov e spranghe. Ne conoscevo qualcuno, ma in quella riunione non ne vedevo neanche uno. D'un tratto capii che erano altrove, e certamente già si stavano organizzando per l'indomani, avevano deciso da soli, infischiandosene dell'assemblea, come si doveva rispondere il giorno dopo alla polizia. La discussione che opponeva i due gruppi non aveva senso; la riunione era stata convocata per legittimare una decisione già presa.

Di nuovo fissai i due al centro della stanza. Si erano alzati e si avviavano verso l'uscita. Sprezzanti, diedero un ultimo sguardo ai due gruppi che si accapigliavano e si insultavano. La ragazza si fermò sulla porta accanto a me, gettò il mozzicone di sigaretta a terra e lo calpestò. Si allacciò la giacca; dalla tasca interna, in una frazione di secondo, vidi il calcio di una pistola. Quello che seguì accadde in un lampo, i due sparirono e la riunione si trasformò in una rissa furibonda. Le panche vennero usate come armi e scudi; alcune ragazze caddero a terra svenute. Gli uomini urlavano, si davano del fascista gli uni agli altri e si scambiavano colpi con i visi tesi, rossi di odio. Mi precipitai fuori di corsa con la testa che mi girava. Mi fermai all'angolo di una piazzetta dove si stavano radunando, richiamati dalle urla, gli ultimi bevitori di un bar ancora aperto.

Da lontano vedevo ragazzi fuggire dalla sede e sparire nei vicoli bui; altri sanguinanti venivano portati fuori dai compagni e stesi sul marciapiede. Mi pareva di assistere a una scena da film western. Accanto a me, gli uomini del bar commentavano la scena, con i bicchieri in mano, come ubriaconi usciti dal saloon per godersi la rissa.

"Qui ci scappa il morto, tanto per cambiare," conclusero e si affrettarono a bere il fondo del bicchiere.

"Se ne vada, signorina, che tra qualche minuto arriva la polizia," mi disse il padrone del bar buttando giù la saracinesca.

In lontananza udivo le sirene che si avvicinavano. Marco non era ancora uscito, sarebbe stato l'ultimo, lo sapevo. L'ultimo a mettersi in salvo, l'ultimo a rinunciare. Mi era venuto il desiderio di investirlo con tutta la forza della mia rabbia. Dopo il silenzio di quegli anni, volevo interrogarlo, farlo parlare, picchiarlo se avesse ancora cercato di tacere, di farmi credere che l'attività che lo aveva tenuto lontano da me, dal bambino, dalla sua vita, era la nostra grande occasione. Alla fine lo vidi fuggire dalla sede insieme a una ragazza. Correvano verso la piazza, verso di me. Mi tremavano le gambe, i denti e avevo voglia di vomitare. Da un vicolo sbucò la luce intermittente della prima auto della polizia, seguita da una camionetta. Marco si avvicinava zoppicando verso l'angolo dietro cui ero nascosta. Ora vedevo il volto della ragazza; mi parve di conoscerla, di averla già vista di notte, nella cucina del nostro appartamento. Era bella, doveva essere più giovane di me di qualche anno. Mi parve incredibile riuscire a fare una considerazione del genere in quel momento, ma la feci. Non avevo paura di essere arrestata e neanche di farmi vedere da loro mentre li spiavo, incollata alla saracinesca del bar, gelata, tremante. Si accucciarono abbracciati a pochi passi da me, dietro un'auto in sosta. Marco si voltò e mi vide.

"In qualsiasi posto del mondo, una qualsiasi notte di un qualsiasi anno, questa cosa avrà sempre lo stesso significato," pensai freddamente, mentre mi sentivo spezzata da un dolore mai provato.

Non gli diedi il tempo di chiamarmi, di reagire. Mi allontanai sfidando i poliziotti che saltavano fuori dalle camionette, entravano correndo nella sede. Altri si sparpagliavano nelle strade adiacenti, rastrellavano il quartiere. Me ne andai con le mani in tasca, tranquillamente. A un angolo, lanciai uno sguardo al mio viso nello specchietto retrovisore di un'auto in sosta. Mi fermai, lo esaminai: era dimagrito, invecchiato; gli occhi pieni di lacrime mi sembrarono quelli di un'altra donna.

Quegli anni finivano per me con una manifestazione, così come erano cominciati. Piangevo, come allora, ma questa volta era un dolore solo mio.

Frugai nelle tasche alla ricerca di un fazzoletto e mi ritrovai in mano il volantino spiegazzato con il volto sorridente della ragazza morta. Pensai alla pena di chi l'aveva conosciuta e amata, alla rabbia che la sua morte aveva suscitato quella notte in chi non l'aveva mai incontrata, ma ne aveva fatto un simbolo di rivolta. Questi due sentimenti mi sembrarono all'improvviso inconciliabili. Due modi troppo diversi di amare.

Forse anche la mia vita con Marco era fondata sullo stesso equivoco, ma mentre tornavo a casa decisa a lasciarlo, mi parve di amarlo per la prima volta.

1975-1980

9.

Scrissi una lunga lettera a mia sorella e la inviai all'indirizzo olandese di Leo. Non avevo idea di dove fosse, dove l'avesse portata il lavoro che divideva con lui. Né se qualcuno avrebbe potuto farle avere la mia lettera. Da mesi non ricevevo cartoline. Nell'ultima telefonata mi aveva parlato di un viaggio in Africa che stavano progettando. Nella lettera le raccontavo la mia nuova vita con il bambino nel piccolo appartamento che mia madre aveva comprato con una parte dei soldi ricavati dalla vendita della loro casa. Si era trasferita con mio padre in una villetta in campagna, vicino alla città, esattamente come aveva previsto.

In quei mesi avevo ritrovato la voglia di vivere dopo la separazione da Marco. Ci eravamo incontrati ancora una volta, di sera, nell'appartamento di San Lorenzo. La casa era incredibilmente pulita; c'era solo lui ad aspettarmi. Aveva preparato una cenetta per due, come ai tempi della scuola, quando mangiavamo in cucina come due giovani sposi. Da quando ci eravamo sposati, non l'avevamo più fatto. Tutto era avvenuto in tempi sbagliati, ma forse questo era il nostro destino.

Ero abituata a soffrire ogni volta che lo vedevo; mi piaceva provare gelosia per lui, avevo vissuto anestetizzata per troppo tempo. Mi aprì e mi fece strada verso la cucina. Si fermò davanti alla porta della nostra camera da letto.

"Non hai bisogno di prendere niente? Hai lasciato tutto qui."

Mi guardava attentamente. Capii che mi trovava bella e che gli era venuta voglia di fare l'amore.

"Sì, devo prendere ancora tutto," mormorai.

Mi abbracciò all'improvviso. Ci baciavamo freneticamente, nel corridoio, come due amanti con poco tempo a disposizione. Facemmo l'amore prima di mangiare, in un modo diverso da tutte le altre volte. L'idea di quella ragazza mi faceva tremare di desiderio. Mentre mi spogliavo, lui non fuggiva il mio sguardo e i suoi occhi erano appassionati. Non c'era più nulla di familiare nel suo corpo, mi pareva di non averlo mai visto prima, di non averlo mai toccato. Subito dopo, mi prese il viso tra le mani e mi chiese se l'avessi tradito.

"No, non ancora, lo farò appena ne avrò voglia," gli risposi con stizza.

Si alzò, raccolse i vestiti da terra e andò in bagno a rivestirsi. Stesa sul letto, mi guardavo intorno alla ricerca di un oggetto che rivelasse il suo tradimento. Prima di rivestirmi annusai la federa del cuscino in cerca di odori estranei.

Mangiammo in cucina, in silenzio, guardandoci di tanto in tanto negli occhi, nessuno dei due riusciva a iniziare un discorso. Suonarono alla porta e Marco andò ad aprire. Non è più la mia casa, pensai. Lo sentii mandare al diavolo qualcuno, forse più di uno, e richiudere la porta imprecando.

Quando tornò in cucina, era di nuovo lontano.

"Tra qualche giorno parto per Napoli, abbiamo aperto una sede accanto all'Italsider e mi hanno chiesto di andare a dirigerla. Non vuoi venire con me, vero?" mi chiese tristemente.

Non gli diedi il tempo di commiserarsi.

"No. In quella riunione in cui vi siete ammazzati di botte tra di voi, c'erano persone con la pistola sotto la giacca, lo sapevi?"

"Provocatori ce ne sono sempre."

"E il giorno dopo, alla manifestazione, hanno sparato dal servizio d'ordine, anche quelli erano provocatori?"

Mi fissava immobile, gelido. In quel momento lo odiavo.

"Hanno fatto male. Non era questa la decisione che avevamo preso il giorno prima."

Gli andai addosso con tutta la violenza accumulata in quei mesi, lo afferrai per le spalle.

"Chi lo aveva deciso?" gli urlai. "Cosa pensi che state dirigendo, l'attacco al Palazzo d'Inverno? Non state dirigendo un bel niente! I tuoi libri di Lenin con le sottolineature! Mi viene da ridere! Una pagliacciata! Quella ragazza, l'hai portata anche qui, nella nostra casa, neanche mio padre era arrivato a tanto! Non c'è niente di vero! Hai paura, eh, paura di vedere la verità, di essere un fallito e nient'altro!"

Mi diede uno schiaffo micidiale. Scivolai a terra, sbattendo contro lo spigolo del frigorifero. Mi girava la testa. Dal pavimento la cucina mi sembrava squallida e tetra, mi chiesi come avessi fatto a viverci. Marco mi aiutò a rialzarmi. All'improvviso, mi abbracciò come un bambino spaventato.

"Non è vero quello che hai detto. Ti amo, Maria. Te ne sei andata a dormire nell'altra stanza, pensavo non volessi più stare con me. Io voglio vivere con te e con Emiliano. Vieni a Napoli con me, Maria."

Lo allontanai e lo fissai negli occhi. Mi aveva chiesto di andare con lui, una cosa inaudita per il suo carattere, per il suo orgoglio. Avrei voluto abbracciarlo, rassicurarlo, dirgli che non era cambiato nulla tra noi, ma avevo deciso di essere ferma.

"Dobbiamo vivere come tutti, Marco. Non siamo speciali, non siamo provvidenziali per nessuno. Avevi un lavoro, l'hai perso, ma puoi cercartene un altro. Lo sai anche tu che quello che è successo in quella riunione è pazzesco, insensato, per questo non mi hai risposto. Anche io voglio vivere con te e con il bambino, ma non più come prima."

Si passò il polsino della camicia sugli occhi. Quando li rialzò su di me erano di nuovo freddi e decisi.

"Non m'interessa vivere solo per me, per te, per il bambino, cercarmi un lavoro qualunque. Forse è quello che succederà tra poco, ognuno a curare il proprio orticello e allora avrai ragione tu. Ma finché riesco ad avere ancora un'idea in testa che vada oltre me stesso, me la tengo."

Ci risedemmo a tavola, e finimmo di mangiare come fosse una delle tante cene silenziose della nostra vita di coppia, e non stessimo per lasciarci. Feci il caffè, tirando fuori per l'ultima volta le tazzine spaiate e la macchinetta di Antonio.

"Mio padre vuole comprare un appartamento per me ed Emiliano. Hanno venduto la casa e hanno un po' di soldi da parte. Tra un mese ho la sessione di laurea, mi cercherò un lavoro. Non voglio soldi, se non li hai, ma qualche volta dovresti occuparti di Emiliano. Vorrei che avesse un padre almeno durante le vacanze o per qualche fine settimana."

Prendemmo a parlare del bambino con tenerezza ed entusiasmo, come stesse dormendo nella stanza accanto. Gli raccontavo di come avesse iniziato a chiamarmi, a ripetere i suoni e le parole. Ci salutammo, baciandoci sulla soglia della casa.

"Senti, lo so che ti sembrerà strano, ma me l'hanno chiesto gli altri e io..." esitò, "... sono d'accordo. Sai, ora abbiamo molti contatti con organizzazioni internazionali, organizzazioni clandestine cilene e di altri paesi in cui c'è la dittatura. Abbiamo bisogno di case di amici che non fanno politica attiva ma che possano aiutarci, ospitare qualcuno se ce n'è bisogno."

Mi chiesi come avrebbe vissuto dopo, quando tutto sarebbe finito all'improvviso.

"Sì, certo," gli risposi, "però ho il bambino, lo sai."

Descrissi quella serata a Isabella, nella lettera che mi ero decisa finalmente a scriverle. Pensavo di organizzare un viaggio per l'estate, una vera vacanza, lasciando il bambino in campagna dai miei genitori. Se mi avesse risposto, forse avremmo potuto farlo insieme. Erano quasi due anni che non ci vedevamo.

Nella nuova casa avevo messo le tende alle finestre, e arredato il soggiorno con un tavolo da pranzo dei miei, due poltrone, un divano, tappeti e quadri. La cucina era nuova, di legno chiaro. La mia camera da letto somigliava in piccolo a quella di mia madre. Nella casa convivevano oggetti e mobili dei miei genitori e le poche cose che mi ero portata via dall'appartamento di San Lorenzo. Ora mi sembrava normale avere un appartamento in un quartiere ricco, mobili belli e tutte le comodità di una casa mia. Qualche volta la trovavo persino troppo piccola, e sognavo di avere uno studio e una camera più grande per il bambino. Ogni mattina portavo Emiliano all'asilo nido. Avevo conosciuto altri genitori e ci eravamo scambiati inviti a cena. In queste serate si parlava di problemi di bambini, di riunioni scolastiche, di vacanze. Ascoltavo in silenzio. Mi pareva di essere reduce da una prigionia di guerra, da un ospedale dove per lungo tempo avevo dialogato solo di cure, di medicine, di morte. Riscoprivo i piaceri minimi della vita.

Un giorno mi decisi a entrare in una profumeria. La commessa che esaminava in silenzio il mio viso non curato alla fine mi consigliò il prodotto giusto per "resuscitarlo", e poi una cipria e dei sali da bagno. La nostra pelle, mi disse, è lo specchio di ciò che abbiamo dentro. Mentre mi faceva il conto, pensavo a Marco, ad Antonio, ai bambini cinesi vestiti tutti uguali che mi piacevano tanto (quando aspettavo il bambino mi avevano regalato un completino di tela cinese. Emiliano lo aveva indossato da poco, a una festa di carnevale di un amico dell'asilo), alla soddisfazione di farcela con pochi soldi, all'idea di non togliere niente a nessuno che mi pareva l'origine di tutte le nostre scelte. Ma la sera, a letto, mi addormentai felice con il buon profumo della crema intorno. La mia pelle respirava per la prima volta, e con lei, come mi aveva spiegato la commessa, respiravo anche io.

Gli odori del mercato dove andavo a fare la spesa, e quelli del parco che attraversavo la mattina presto per andare a studiare nella biblioteca della facoltà, erano piaceri ancora comuni alla mia vita nuova e a quella precedente. Soffrivo per la mancanza di Marco; immaginavo fosse partito per Napoli con quella ragazza, ma l'idea di vivere di nuovo come prima mi tratteneva dal cercarlo, dal telefonargli. Veniva a trovarci una domenica al mese e pranzavamo insieme con Emiliano. Il bambino gli faceva le feste e voleva sempre stargli in braccio, non si faceva mettere giù. Ci dicevamo poche cose, banali. Non parlavamo più di politica.

In quel periodo cominciammo a tacere in un altro modo; cercavamo di dimenticare quei primi anni vissuti insieme, le cose a cui allora davamo importanza, in cui credevamo. Non ne parlavamo, anche se Marco in realtà ci stava ancora dentro. Non ne parlammo mai più.

Dopo pranzo si addormentava come un sasso, con il bambino abbracciato che lo guardava da sotto in su e non si muoveva per non svegliarlo, per non vederlo sparire. Se ne andava con l'aria scura, sbrigativa. Capivo che a Napoli le cose non andavano come voleva, anche se non aveva il coraggio di confessarmelo. L'orticello che coltivavo nella mia casa lo attirava e lo respingeva allo stesso tempo. Una domenica gli parlai di un romanzo che stavo leggendo.

"C'è un'idea del rapporto tra l'uomo e la donna che mi ha sconvolto, come se l'amore comportasse sempre la perdita di uno dei due," gli dissi.

Ci avevo pensato per giorni, e mi era venuto il desiderio di parlarne con lui. Non avevamo mai discusso di questo genere di cose. Ai tempi in cui cantavamo insieme in chiesa eravamo troppo giovani, più tardi, con la politica, parlare di sentimenti era diventato un lusso come comprarsi vestiti.

"Beata te che hai tempo di leggere romanzi," mi disse, con l'espressione chiusa, rigida che conoscevo bene. "Ne hai comprati molti, vedo."

"Sono libri di papà e mamma, ce li siamo divisi quando hanno cambiato casa," gli risposi senza alterarmi. "Anzi, dovresti ricordarti di telefonare a mio padre, mi ha chiesto di te e non voglio discutere con lui della nostra situazione, così se lo chiami, si tranquillizza."

Andandosene vidi che infilava nel sacco un volume di racconti di Tolstoj. Prima della politica, ancora prima di conoscermi, Tolstoj era stato la sua grande passione. Una volta mi aveva anche paragonata al personaggio di Sonja di *Guerra e pace*. Avevo finto di esserne lusingata. Sonja mi sembrava una ragazza passiva e mite, senza pretese. E in quell'occasione avevo pensato che il fuoco di Isabella era lo stesso di Nataša, e che per fortuna lui non se ne era accorto, se no si sarebbe innamorato di lei. Ora, invece, ricordandomene, avrei voluto chiedergli perché si era innamorato di me, dato che mi vedeva in quel modo. Ma non osai proporgli altri argomenti letterari.

Preparavo la tesi per la sessione estiva e avevo incontrato, nella biblioteca dove studiavo, un ragazzo della mia stessa facoltà. Aveva tre anni meno di me. Quei tre anni gli avevano evitato il tuffo nella politica a tempo pieno. Comunque non era portato per scelte radicali. Abitava ancora con i genitori e i due fratelli. Il padre era un medico famoso, un "barone" diceva lui. Ne parlava con disprezzo, anche se non progettava di andarsene di casa perché era abituato alla vita comoda. Si chiamava Raimondo, e detestava il suo nome che gli pareva un brutto scherzo del padre.

Qualche volta, la sera, veniva a studiare a casa. Emiliano storpiava il suo nome in qualcosa che somigliava a Mimì, così avevo preso a chiamarlo anch'io in quel modo. Mimì era alto e atletico, con un viso da bambino timido. Mi piaceva vederlo arrossire quando ci baciavamo sulle guance per salutarci o quando mi tendeva il pacchetto delle paste che aveva portato per cena. Mi accorsi con piacere che si stava innamorando di me.

Discutevamo di politica, di economia. Mimì preparava l'esame di storia e studiava, come Marco un tempo, la rivoluzione russa. Era il mio destino: ogni ragazzo che incontravo prima o poi mi parlava di Marx e Lenin. Forse per me quello era un richiamo irresistibile. Mimì diceva che il comunismo era destinato a fallire perché incapace di far funzionare l'economia; aggiungeva anche una serie di argomentazioni, che a me parevano ovvietà, sul tornaconto personale che serviva alla gente per produrre. Malgrado il suo odio per il padre, riconoscevo qua e là, nei suoi discorsi, alcune banalità del "barone". Gli avevo parlato del padre di Emiliano, della nostra vita insieme, della politica. Quando, una domenica, Marco era venuto a trovare il figlio, non si era fatto vedere per qualche giorno, temendo si fosse fermato per più tempo.

Una sera che Emiliano era da mia madre, restò a dormire da me. Mentre facevamo l'amore, pensai che era il secondo uomo della mia vita, e mi parve di perdere la verginità un'altra volta. Diventammo amanti saltuari; dormivamo insieme una volta alla settimana, quando non c'era il bambino. Ma con lui, forse perché non ne ero innamorata, imparai molte più cose relative al sesso che negli anni d'amore con Marco.

Questa era la mia vita quando arrivò il turco.

Suonò alla porta una mattina all'alba. Era massiccio come un armadio, con il viso largo, gli occhi neri e i baffi spioventi (segno che era un uomo di sinistra perché, come mi spiegò poi, nel suo paese gli uomini di destra li portavano all'insù), rossi come i capelli. Per un attimo pensai che stavo ancora dormendo. Lo fissavo ammutolita. Nel sonno la camicia da notte si era aperta sul seno, mi allacciai frettolosamente i bottoni. Lui aveva avuto tutto il tempo di studiarmi e scoppiò a ridere davanti alla mia espressione interrogativa. Puzzava di cipolla e notai per la prima volta il suo cappotto: un soprabito militare di un colore indefinibile tra il giallino e il marrone, con mostrine sul bavero e sulle maniche, bottoni con lo stesso distintivo rosso e nero delle mostrine.

"Scusa, mio treno arrivato quattro ore e troppo freddo per strada. Mi mandano amici."

Parlava male e induriva le parole come un tedesco. Doveva avere una quarantina d'anni. Maledissi Marco che non aveva trovato neanche il tempo di avvertirmi, e me stessa per avere accettato la proposta dell'organizzazione di ospitare dei rifugiati politici.

Emiliano si era avvicinato alla porta e lo guardava pieno di entusiasmo, gli piaceva avere visite. Ogni volta che veniva qualcuno, correva maldestramente verso la porta per vedere chi fosse.

"Mimì!" urlò superandomi e andando fiducioso incontro all'estraneo.

"Non è Mimì, Emiliano."

Cercai di tirarlo indietro, ma l'uomo lo aveva già preso in braccio e lo baciava come un vecchio zio di ritorno da un lungo viaggio.

"Mio nome è Mehmet, ma mia madre chiamava me Mémé, quasi come Mimì!" disse con un sorriso furbo.

Quando rideva spalancava la bocca come stesse sbadigliando. Lo feci entrare, con le borse, i sacchi e due valigie. Cercai di interrogarlo in cucina, davanti a un caffè caldo.

Gli piaceva raccontare di sé, parlava e si commuoveva facilmente. Aveva lasciato clandestinamente la Turchia qualche mese prima. La polizia turca lo cercava dappertutto. Gli aeroporti e le stazioni erano tappezzate di sue fotografie. In quei mesi era stato ospitato da amici in Germania, Olanda, Francia. Mi parlò subito della moglie e dei tre figli che aveva lasciato in Turchia, in una cittadina vicina al confine iraniano. Mi mostrò le fotografie. La moglie sembrava giovanissima, aveva il viso di una bambina imbronciata. I tre bambini, poco più grandi di Emiliano, guardavano in macchina con dei visi tristi. Poi tirò fuori le fotografie del padre e della madre contadini, e quella di uno zio che lo aveva tenuto in casa, mentre studiava all'università, e lo aveva formato alle idee rivoluzionarie.

Dopo un'oretta che eravamo in cucina a chiacchierare e a bere caffè, con Emiliano che giocava sul pavimento e ogni tanto sollevava lo sguardo fiducioso sul suo nuovo amico, mi pareva di conoscerlo da anni.

Lo lasciai per accompagnare Emiliano all'asilo. Gli dissi che la casa era piccola, e non avrei potuto ospitarlo per molto tempo; l'unico letto disponibile era il divano del soggiorno. Prima di uscire, sbirciai dentro il soggiorno. Il turco fischiettava un motivetto mentre si preparava il letto sul divano. Le valigie e i sacchi erano aperti sul pavimento. Mehmet aveva tirato fuori e sparpagliato ovunque stracci, vestiti appallottolati, biancheria, libri, giornali. Uscii di casa con un presentimento di sciagura. Ero piena di rabbia nei confronti di Marco. Non potevo telefonargli perché anche nell'appartamento dove abitava a Napoli il telefono era stato staccato. E poi, in ogni caso, non avrei potuto parlargli di Mehmet al telefono, col rischio che uno dei due apparecchi fosse controllato. In quegli anni si viveva con l'idea che i servizi segreti controllassero quasi tutti i telefoni delle città.

Lasciai Emiliano all'asilo e andai al mercato. Dovevo pensare al pranzo e alla cena del mio ospite. Chissà da quando non faceva un pasto completo e, grosso com'era, avrebbe mangiato per due. Comprai carne, formaggi, frutta, verdura in quantità doppia del solito. I negozianti mi guardavano sorpresi. La fruttivendola, che era diventata mia amica, mi chiese se fosse tornato finalmente mio marito. Rientrando a casa, mi accorsi di avere quasi finito i soldi della settimana.

Un odore di cipolla, misto a pomodoro e ad altri aromi sconosciuti, mi aggredì sulla porta di casa. Appoggiai le buste della spesa all'ingresso e mi inoltrai nel corridoio. Nella mia stanza il letto era stato rifatto e i miei vestiti sistemati in ordine nell'armadio; la stessa cosa nella stanza del bambino. Mémé aveva allineato i giocattoli di Emiliano sulle mensole, dividendo le macchinette, i pupazzi, le matite colorate, come sapevo fare solo io. In cucina la tavola era preparata per due e sul fornello bolliva una pentola con del sugo. Accanto alla pentola, su un ripiano, c'erano dei vasetti di odori che non sapevo di possedere. Ne presi uno, l'etichetta era scritta in turco. Mémé evidentemente viaggiava con le spezie al seguito.

Il salotto aveva ritrovato il suo aspetto originario; Mémé aveva fatto sparire, chissà dove, tutte le sue cose. Solo alcuni libri e giornali turchi erano allineati sul tavolo, accanto a un piccolo album di fotografie. Lo sfogliai: gruppi sorridenti di amici con i baffi (sempre all'ingiù); amiche formose e molto truccate abbracciate a un Mémé trionfante, bello e sorridente (cominciavo a intuire la ragione dell'espressione triste della moglie e dei tre bambini); immagini di montagna, mare, mangiate e bevute in compagnia. E poi vidi quella fotografia, capii tutto e mi chiesi come avessi fatto a non pensarci prima. Mémé era al centro di un gruppo, tra Isabella e Leo, in un posto di montagna. Alcuni avevano delle telecamere a tracolla. Doveva fare molto freddo. I loro visi erano contratti; Isabella portava un cappello di lana in testa ed era infagottata in una giacca a vento. Sul suo viso infreddolito c'era un sorriso radioso.

"Quella è su Agri Dag, sul monte Ararat," mi disse Mémé avvicinandosi. "La montagna dell'arca di Noè."

Aveva fatto la doccia. Avvolto nel mio accappatoio, sembrava un pascià. I peli rossi del petto e i capelli dello stesso colore gocciolavano acqua come le foglie di un albero in autunno. Era un bell'uomo.

"Questa è mia sorella, Mémé. Cosa ci fai tu con mia sorella?"

Si mise a ridere.

"Lei e Leo miei amici."

Frugò in uno dei suoi libri e mi consegnò una busta.

"Sorella scritto questa lettera per te, un po' di tempo passato.

Devo mandarla ma preferisco darla io a te. Andato a altra casa e amici dato questo indirizzo."

"Già, non l'ha mandata, voleva darmela a mano, un buon modo per farsi ospitare. Un gran furbo questo Mémé," pensai, aprendo la busta.

Seduta sul mio letto, lessi la lettera di Isabella. Era scritta su un foglio a righe strappato da un quaderno. Le parole e le lettere scendevano di traverso sul foglio, si arrampicavano all'improvviso da un lato, come se mia sorella per scrivere si fosse appoggiata su una pietra bitorzoluta. Mi ricordai dei suoi quaderni di scuola.

Cara Maria, ti scrivo queste poche righe da una piccola città turca, ai confini con l'Iran, che si chiama Doğubeyazit. Sto bene, vorrei raccontarti tante cose, ma mi ci vorrebbero anni e poi tu sai che non so scrivere. Appena mi sarò stufata di Leo (già non lo sopporto tanto, è freddo come la morte e autoritario come un generale d'armata, però continuo a desiderarlo) e di viaggiare, tornerò da te. Allora per un mese non usciremo mai di casa e ti racconterò la mia vita e tu la tua. Intanto puoi sapere qualcosa da Mehmet che ho conosciuto qui in Turchia. Aiutalo se puoi, pare che la polizia turca lo stia cercando, e deve andarsene. Ho pensato che anche Marco e l'organizzazione potrebbero dargli una mano. Detto tra di noi, non ho capito con chiarezza che tipo d'uomo sia. È certo molto simpatico e bello. Ma non potrei giurare che le storie che racconta siano vere. Maria bella, sorella mia, ti penso sempre insieme al bambino che immagino in tanti modi diversi. Devo venire in Italia per conoscerlo. Ma tornare mi fa paura, non so perché. Tu sai che sono molto meno brava di te, non ad arrangiarmi (anzi in quest'arte sono un genio, fatti dire da Mehmet) ma sono incapace di dare un ordine alla mia vita, e non voglio pesare su di te. Dai un bacio a mamma e a te tutto il mio amore. Isabella.

P.S. La sorella di mamma e il suo Nazim sono morti proprio nei dintorni di Doğubeyazit. Stiamo facendo una piccola indagine. Lui era di buona famiglia, era sposato e aveva tre figli. I fratelli della moglie e il padre non gliel'hanno perdonata. Per questo ti ho mandato Mehmet, secondo me è una sua reincarnazione e preferisco che si attacchi alla sorella più in gamba! Non si sa mai.

Dio come mi mancava! Passavano mesi, un anno intero, riuscivo a dimenticare la nostra infanzia, la nostra adolescenza, la stanza che avevamo diviso, le chiacchierate notturne, le risate, le cattiverie sul mondo. E poi mi bastava udirne la voce, anche da lontano, attraverso una cartolina o una lettera breve come quella, perché il cuore mi si riempisse di ricordi. Mi stesi sul letto con la lettera in mano. Volevo ripensare alle sue parole, all'incontro con Mehmet, alla storia della sorella morta di mia madre, ma mi addormentai profondamente, come non mi succedeva da molto tempo.

Sognai che camminavo da sola in un paesaggio coperto di neve. Faceva un freddo terribile. Mi stringevo addosso la giacca a vento che non riusciva a ripararmi, e maledicevo me stessa per essermi imbarcata in quella camminata insensata nel gelo. Mi chiedevo dove fossi diretta e lo domandavo a una ragazzina bruna, con l'aria imbronciata, che piantava spezie e pomodori nella neve. Ma lei si voltava appena a guardarmi, non udiva la mia domanda. In quel momento realizzavo che avrei dovuto sapere io stessa qual era la mia meta, che tutti devono almeno sapere dove sono diretti, che era insensato chiederlo a qualcun altro. Ancora l'avessi chiesto all'inizio del viaggio. Ma non ne avevo avuto il coraggio, non avevo avuto il coraggio di dire a nessuno che non volevo incamminarmi in quella tormenta di neve, in quel gelo senza fine. Tra le lacrime annusai un forte odore di peperoncino e un calore mi avvolse tutta. Aprii gli occhi e vidi Mehmet chino su di me, il suo viso vicinissimo al mio. Con un balzo mi misi a sedere sul letto e mi accorsi che avevo pianto nel sonno, forse mi ero lamentata e lui aveva pensato che mi sentissi male.

"Scusa, non voglio spaventare," mi disse, sorridendo con la bocca spalancata. "Mangiamo e sentirai bene. Tu comprato troppa roba. Meglio mangiare poco. Abituarsi a quando c'è poco."

La pasta era deliziosa, piccante e dolce nel fondo come ci avesse messo dello zucchero. Durante il pranzo, il mio ospite mi raccontò del suo incontro con Isabella e Leo, della spedizione sul monte Ararat. Mehmet guidava i gruppi di turisti nell'ascensione alla montagna del diluvio. Un mestiere che gli permetteva di vivere per mesi nei territori orientali del paese, isolati durante l'inverno, e di nascondere più facilmente la sua identità politica. Sul monte Ararat salivano gruppi alla ricerca di quello che restava dell'arca di Noè. Mehmet raccontava loro le leggende sull'arca; di come alcuni avessero visto, nelle mattinate chiare, resti della casa galleggiante; dell'astronauta americano che aveva avvistato, dalla sua navicella spaziale, un forma strana su un fianco della montagna e, una volta tornato a terra, fosse salito in cima sicuro di avere finalmente ritrovato i resti dell'arca.

"L'arca nasconde, così guide lavorano sempre. Io non credo leggende, io marxista," aveva concluso.

Aveva un modo di raccontare da burlone, come se volesse avvertire l'ascoltatore che quello che diceva non era da prendere sul serio, o almeno non tutto. Così, alla fine, non sapevo se credergli o meno, e finivo col rinunciare a capire dove fosse la verità e dove la menzogna. Il pranzo volò via in un attimo. Aveva fatto tutto lui, e mentre bevevo il caffè, lui già lavava i piatti.

"Mia sorella dov'è ora, sta bene?" gli chiesi alla fine.

Si mise a ridere come se la mia domanda fosse un po' scema.

"Isabella sale su Ararat senza paura. Più forte di Leo e di tutti altri."

Mi raccontò che durante l'ascensione non si era mai lamentata del freddo e della durezza del cammino. Aveva trasportato il materiale televisivo e i sacchi come tutti gli altri; sulla cima si era seduta in un angolo a guardare il panorama e poi gli aveva dato un bacio, ringraziandolo per quella vista fantastica. A quanto ne sapeva, il gruppo avrebbe continuato il viaggio verso l'Iran e poi sarebbe rientrato ad Amsterdam, da dove era partito.

"Sorella molto allegra, molto diversa da te," mi disse alla fine, aspirando il fumo di una sigaretta puzzolente.

"Sì, molto diversa," gli risposi contratta, anche se volevo sembrare disinvolta. "Ognuno è com'è."

E mi alzai, lasciandolo solo a fumare in cucina. Mentre mi preparavo per andare a prendere il bambino a scuola, pensai che non l'avevo ringraziato per il pranzo e per l'ordine della casa. Quando aprii la porta del salotto per salutarlo, si era già addormentato sul divano con un libro aperto sul petto.

10.

Mémé restò da noi fino all'inizio dell'estate. Il mio legame con questo turco misterioso, mandato da mia sorella, diventava sempre più stretto. Dopo qualche settimana, non riuscivo a immaginare la mia vita senza di lui. Prima di tutto, da un punto di vista pratico, potevo studiare molte più ore di prima. Mémé considerava suo dovere aiutarmi a pulire la casa, a cucinare, ad accudire Emiliano, a giocare con lui se io ero occupata. Diceva con fierezza che lui era stato abituato alla vita dura, a cavarsela in ogni situazione. Solo dalla moglie bambina, di cui parlava talvolta, si riteneva in diritto di farsi servire. Ai miei rimproveri per questo suo comportamento retrogrado, rispondeva con le mie parole, "ognuno è com'è", di pensare al mio matrimonio che non gli sembrava molto "sicak", cioè caldo, dato che io e Marco non dormivamo più insieme e lui non si prendeva cura di me e del bambino.

Mémé stava sempre in casa perché aveva paura di essere fermato dalla polizia e di essere rimpatriato. Le notizie sui fatti che lo avevano costretto a fuggire dalla Turchia erano nebulose, contraddittorie. A volte parlava di attentati in cui era stato coinvolto; altre volte mi diceva che aveva passato la vita sui libri, che lo cercavano solo perché era un comunista. Ogni tanto, mentre lavorava in casa, lo udivo fischiettare delle marcette militari, e un giorno che gli avevo chiesto cosa fossero quelle canzoni, mi aveva risposto enigmatico: "Turche melodie". Ma da quel giorno smise di cantarle. Dovetti parlare del turco a Mimì, a mia madre e a Marco. Dall'espressione scettica con cui Mimì ascoltava il mio racconto, capii che era geloso.

"Vai a dormire tranquillamente ogni sera, da sola, con un turco in casa. Sei un'incosciente e tuo marito è ancora più incosciente di te," mi disse, mentre bevevamo il caffè fuori dalla biblioteca.

"È un tipo simpatico, starà da noi solo per qualche mese. Gli ho detto che non posso ospitarlo per molto. E poi, cosa vuol dire che è turco?"

"I turchi sono musulmani, odiano gli occidentali e..."

"...e stuprano le donne. Turco assassin!" urlai nel bar. E lui divenne tutto rosso. "Lo sai che sei veramente un cretino, ma chi te le dice queste cose? Tuo padre?"

Litigammo violentemente. Gli dissi di non farsi più vedere e lui mi gettò in faccia il suo disprezzo.

"Credi che avessi voglia di legarmi a una donna sposata e per giunta più grande di me?"

Vidi la sua bella figura atletica allontanarsi e rimpiansi di averlo trattato male. Ma in quale altro modo poteva finire tra noi?

Tra mia madre e il turco fu invece l'idillio. Tornai a casa, e li trovai seduti in cucina. Parlavano come due vecchi amici, davanti al caffè fumante e ai dolcetti di sciroppo di zucchero che Mémé preparava il lunedì mattina. Erano avvolti in una nuvola di fumo.

"Maria, non mi avevi detto niente!"

Mi sedetti tra loro senza parole.

"Ti avevo detto che Mehmet mi aveva dato notizie di Isabella e..."

"Che nostalgia, Maria! Le mura di Diyarbakir, le pasticcerie, i cocomeri, il mercato, lo Hasan Pasa Hani! C'è stato anche lui!"

"Certo, mamma, Mehmet è turco."

"Anche io ci sono stata, prima..."

Mia madre scoppiò a piangere all'improvviso. La presenza di Mehmet aveva fatto riaffiorare un dolore mai sopito. Piangeva come se lui le avesse dato in quel momento la notizia dolorosa, come se il lutto le fosse stato appena annunciato. D'un tratto mi parve che tutta la sua vita, dopo la scomparsa della sorella, non valesse nulla in confronto alla gioia selvaggia di quel viaggio libero di ragazze, al dolore per la perdita di chi aveva condiviso la sua giovinezza.

Non feci in tempo a consolarla; Mehmet l'aveva abbracciata come un figlio e le accarezzava la testa.

"Non piangere, andiamo lì tutti come siamo venuti. Tutti lì insieme," le sussurrava dolcemente.

Quante altre volte mi sono ripetuta questa frase. Non la afferrai subito, l'italiano di Mehmet era spesso indecifrabile. All'inizio pensai che stava progettando un viaggio in Turchia con mia madre, che era impazzito e mia madre pure. E poi capii che aveva trovato le uniche parole in grado di consolare qualcuno di una perdita. Prima o poi ce ne andiamo tutti come siamo venuti.

Quando non trovo il coraggio di andare avanti né la forza di affrontare la vita sapendo che non la incontrerò mai più, che è sepolta dentro di me come un'altra me stessa senza voce, ma molto più bella e più viva, ripeto a occhi chiusi questa frase di Mehmet, aspettando che mi porti la tranquillità di un'attesa che prima o poi avrà fine.

Mia madre si asciugò gli occhi e mi disse carica di rimprovero: "La polizia lo sta cercando, ha lasciato in Turchia la moglie e i figli e tu lo vuoi sbattere fuori casa! Se se ne va da qui, lo prendo io in campagna, di tuo padre me ne infischio!".

Diventarono amici. Mehmet le preparava il caffè e i dolci il lunedì mattina. Mia madre gli portava sciarpe lavorate a maglia, dopobarba, giornali turchi che comprava in una libreria specializzata.

Certe volte, ripensando a quel periodo, mi chiedo cosa avesse spinto Isabella a mandarmi Mehmet. Come lui non credo tanto alle leggende, ma forse mia sorella era riuscita ad aiutarmi a distanza. Mémé, come lo chiamava Emiliano che urlava il suo nome per tutta la casa come un piccolo selvaggio assatanato di giochi e di lotte, innaffiava il nostro orticello di un'acqua miracolosa, ci aveva ridato il piacere della vita in comune con un uomo. Spesso la sua presenza mi dava i nervi, così come mi urtavano il suo buonumore, la furbizia levantina nel sedurre il prossimo, l'attaccamento granitico alle sue convinzioni, dall'uso accanito della cipolla in ogni piatto che preparava (malgrado gli avessi detto che non la digerivo), alle affermazioni categoriche sulla grandezza insuperabile del pensiero marxista.

"Ognuno è com'è," diceva, ripetendo questa mia affermazione che gli era piaciuta molto. La usava quando non riusciva più a trovare argomentazioni convincenti, e voleva troncare i nostri diverbi. "Però Marx detto anche ognuno non è com'è perché non è libero."

"Fin qui d'accordo," gli rispondevo, cercando di mantenermi

calma. "Ma questo nell'azione politica diventa togliere la libertà a tutti, la libertà di essere diversi o di pensarla diversamente."

Si alzava bestemmiando e passeggiava fumando come un toro prima della carica.

"Pensiero! Pensiero! Fame no pensiero!"

"Fame e pensiero devono andare insieme," gli rispondevo imperturbabile, godendo della sua ira.

Mi veniva vicino minaccioso, agitando la sigaretta davanti al viso e fissandomi con gli occhi sgranati e i baffi che tremavano di rabbia.

"Tu sei donna tutta nella testa, niente nel corpo e nel cuore."

Mi aveva ferito e gli tornavano gli occhi furbi e il sorriso strafottente sotto i baffi. Cercavo di non fare trapelare il mio sconforto, di non dargliela vinta. Ma non potevo evitare di irrigidirmi, di serrare le labbra, di diventare pallida.

"Ognuno è com'è, no?" mi diceva alla fine, e lo avrei volentieri ucciso.

Mi alzavo e me ne andavo nella mia stanza, come il primo giorno che ci eravamo incontrati.

Mehmet, al contrario di quello che aveva pensato Mimì, pareva essere completamente distaccato da ogni desiderio sessuale nei miei confronti. Nelle prime settimane della nostra convivenza, il suo comportamento mi aveva tranquillizzato. Le prime sere, nel mio letto dove di notte mi raggiungeva puntualmente Emiliano, spiavo, con il libro in mano e la luce accesa, i rumori delle sue abluzioni serali, pronta a scagliargli addosso, in caso di irruzione nella mia camera, il fermacarte di marmo che tenevo sul comodino. In seguito, mentre lo udivo prepararsi per la notte e chiudersi nel soggiorno dove la luce restava accesa fino a tardi, non riuscivo a concentrarmi sulla lettura per un pensiero completamente differente. Com'è possibile, pensavo, che non gli venga in mente che sono una donna? Sarà omosessuale.

Non so perché ma immaginavo che nei popoli arabi e turchi gli uomini praticassero con più disinvoltura una doppia vita sessuale. Cominciai a girare per la casa in camicia da notte, senza preoccuparmi dei suoi sguardi veloci, del suo imbarazzo che nascondeva fingendosi occupato. Nel bagno annusavo i suoi asciugamani, frugavo nella sua roba alla ricerca di qualche indizio. Tranquillamente uscivo avvolta nel mio accappatoio aperto sul seno e con le gambe nude. Non so perché ma non mi venne mai in mente la spiegazione più semplice: la presenza del bambino e il fatto che ero sposata gli inibivano ogni possibile tentativo di approccio. Prima di addormentarmi immaginavo le sue mani abili sul mio corpo. Le carezze che gli avevo visto fare a mia madre per consolarla si trasformavano nel mio sogno in un gioco d'amore. Con gli occhi chiusi mi figuravo di stringermi a lui e di disarmarlo con il calore del mio desiderio. Non mi avrebbe più detto che non avevo corpo né cuore. E dopo lo avrei fatto soffrire per avermi ferito in quel modo. Con queste fantasie scivolavo nel sonno e lo sognavo.

Dall'alto di mura altissime di una città turca guardavamo affiancati un orrido impressionante dove una cascata d'acqua nasceva dalla roccia, si gettava nel vuoto e arrivava fino al mare. Il rumore dell'acqua copriva ogni altro suono; e così sembravano mute le aquile che planavano in alto sulle nostre teste, muto il mare laggiù in fondo, muti noi due, unici spettatori di quello splendore.

Avevo rinviato di qualche settimana il mio incontro domenicale con Marco. I giornali sembravano ormai bollettini di guerra; attentati, rivendicazioni allucinate, manifestazioni, scontri, morti. Sapevo che l'organizzazione si stava spaccando. Prima dell'arrivo di Mehmet, alcuni amici erano venuti a trovarmi. Mi avevano raccontato di discussioni folli sul comportamento da adottare nei confronti delle organizzazioni clandestine. Anche loro, come me, se ne erano andati perché non se la sentivano di partecipare a quelle riunioni in cui non c'era più neanche un briciolo di senso della realtà.

Immaginavo Marco intento a scrivere documenti e volantini fino a tarda notte. Lo vedevo solo, in una sede ormai vuota, con gli striscioni rossi avvolti in un angolo, i manifesti che si staccavano dalle pareti umide. Si affannava a distinguere, a vagliare, a pesare le parole. Cercava una via d'uscita per sé e per quei pochi rimasti; non poteva accettare l'idea che gli anni della nostra giovinezza fossero serviti solo a costruire quella solitudine disperata, e una sequenza interminabile di corpi di uomini ignari, accasciati sul volante delle loro auto come i morti di mafia o freddati sulla porta di casa, uomini che non si aspettavano di morire, che non si sentivano in guerra contro nessuno. E ancora di più si convinceva della necessità di distinguere, di setacciare. Ma l'idea del bene e della verità si era fatta tanto piccola da scivolare giù dal suo setaccio insieme a quegli orrori.

Quando gli aprii la porta, quella domenica mattina, lo aspettavo, ma stentai a riconoscerlo. Appoggiò a terra il suo sacco, mi baciò sulle guance e sorrise a Emiliano che lo scrutava immobile in fondo al corridoio. Mi pareva fossero passati anni dall'ultima volta che ci eravamo visti. Era ancora dimagrito; nel viso affilato, gli occhi cerchiati sembravano quelli di un vecchio stanco. Quando ci eravamo conosciuti, aveva occhi dolci e labbra carnose come quelle di Emiliano. Il bambino lo teneva a distanza. Gli dissi di baciare il padre e di prendere il regalo che Marco gli aveva portato. Lo aiutai a scartare il pacchetto. Era una trottola luminosa che girava al suono di una musichetta. Gli si illuminarono gli occhi.

"Mémé!" urlò, correndo con la trottola in mano verso il soggiorno, dove Mehmet si era rinchiuso per paura di disturbare il nostro incontro.

Marco mi guardò interrogativo.

"È un rifugiato turco. Isabella lo ha conosciuto in un viaggio in Turchia. Starà qui da noi ancora per poco," gli sussurrai.

Glielo presentai. Accanto a Marco, Mehmet sembrava ancora più alto e imponente. Ci disse di andare a mangiare; lui non aveva fame e avrebbe giocato con Emiliano, gli avrebbe insegnato a usare la trottola nuova.

"Comprato trottola uguale miei bambini. Costruita Taiwan. Tutte trottole del mondo uguali, costruite Taiwan," ci disse ridendo.

Marco sorrise appena. Andammo in cucina e iniziammo a mangiare dicendoci poche parole, con l'orecchio teso al soggiorno dove si accavallavano la voce forte di Mehmet, le grida di Emiliano e la musica della trottola.

"Dopo vorrei stare un po' con Emiliano, è tanto che non lo vedo," mi disse con stizza.

"Mehmet pensa di farci un favore, che abbiamo voglia di stare un po' soli," gli risposi urtata.

"Gentile," continuò lui sempre più carico di astio.

"In questo periodo mi ha aiutato in casa e con il bambino, per sdebitarsi e per permettermi di studiare. Lui pensa che non devo perdere un'altra sessione per laurearmi," gli ribattei, sapendo che si sarebbe infuriato.

"Un uomo perfetto hai trovato!" mi disse infine, con una voce all'improvviso stanca e sfiduciata.

Ero pronta ad aggredirlo, pronta a rovesciargli addosso le sue colpe, le sue ingenuità, il suo egoismo, ma mi sentii disarmata dal quel tono di voce.

"Cosa pensi di fare, Marco? So che tra poco chiuderete anche la sede di Napoli. Cosa ci stai a fare lì?"

Sollevò lentamente lo sguardo su di me. I suoi occhi erano ora taglienti, pieni di odio.

"Mi cercherò un lavoro. Comunque rimango a Napoli."

"Stai ancora con quella ragazza? Ma perché non torni? In fondo ti puoi trovare una casa con lei anche qui, vedrai Emiliano più facilmente. Io non ho nulla in contrario," gli dissi.

Volevo sembrargli calma e tollerante, ma il cuore mi martellava nel petto come la volta in cui l'avevo sorpreso per strada.

"Lo so che ti è indifferente dove vivo. Te ne occupi solo per sapere se verrò a turbare di nuovo la tua vita ben organizzata, se ritarderò la tua laurea. Ti dico una cosa, Maria, l'ho sempre pensato anche se non te l'ho mai detto: tu non sei capace di gettare via un attimo della tua vita per niente e per nessuno. Tua sorella è un'incosciente priva di qualsiasi senso di responsabilità, ma è diversa da te in questo, lei si getta nella vita, sbaglia, soffre, come me, come tutti. Tu invece ti risparmi. Ci ragioni sopra e hai sempre ragione. Ma avere ragione non significa niente, Maria. Lo so cosa pensi, che sono cambiato, che ti sembro un altro. Sono contento di essere cambiato, di essere invecchiato precocemente. Ho investito tutto me stesso nel lavoro di questi anni, nell'idea che fosse possibile avere una vita diversa da quella eterna della famiglia, dei figli, degli affetti. Cosa ci vuole a lavorare per i soldi, per la carriera, per comprarsi una casa? Non ci vuole nulla. Posso farlo, Maria, posso farlo per te, per me, per il mio bambino. Lo fanno tutti, posso farlo anche io. È difficile pensare solo a se stessi? È difficile amare il proprio figlio? Anche i nazisti amano i loro figli."

Smise di parlare d'un tratto, come se di colpo le batterie si fossero esaurite.

"È difficile occuparsi tutti i giorni dei figli, vivere con loro, cercare di essere felici..." balbettai.

Non potevo continuare, le lacrime mi scendevano sul viso e mi soffocavano.

"Perché ti sei innamorato di me?" riuscii a chiedergli alla fine, dopo un lungo silenzio. Le mie lacrime non gli suscitavano nessun sentimento, anzi lo urtavano. Continuava a guardarmi con gli occhi freddi. Non sarà più capace di gettarsi in nient'altro, pensai.

"Non lo so perché mi sono innamorato di te, non ci ho mai pensato. È una domanda a cui è difficile rispondere. Forse stare insieme a te mi toglieva la paura, mi sentivo tranquillo. Ma ora non so se fosse bene, se fosse quello che volevo."

Mi sentivo crescere dentro un odio mai provato. Forse era quel genere di sentimento a cui alludeva lui nel suo discorso. Un sentimento estremo. Chissà se credeva a una sola parola di quello che mi aveva detto. Era abituato a fare discorsi, a trascinare, a ferire, a combattere gli altri con le parole. Ci era riuscito anche con me, un'altra volta.

"Vai di là, prendi Emiliano ed esci. Me lo riporti tra un'ora. Mehmet verrà giù a prenderlo. Non voglio più vederti. Non provare a dirmi niente, se no urlo. Urlerò davanti al bambino come se tu mi avessi picchiato, e lui non vorrà vederti mai più, mai più venire con te."

Non disse nulla. Sorrise come fosse riuscito nel suo intento. Ma il suo sorriso era stanco, come i suoi occhi.

11.

Forse era ancora notte. Oppure mattino e dovevo alzarmi per portare Emiliano a scuola. Che ore erano? Non lo sapevo. Stesa nel letto con le coperte che mi coprivano anche il viso, mi svegliavo e mi riaddormentavo di continuo. Avevo preso un calmante. Mia madre ne aveva lasciato in casa una cartina con due o tre pasticche, non ricordavo più in quale occasione. Quanto tempo era passato da quando Marco se ne era andato con il bambino che piangeva e non voleva lasciarmi? Dopo che erano usciti, avevo preso il calmante e mi ero addormentata. Vagamente ricordavo di avere udito in seguito la porta che si apriva. La voce di Emiliano che chiedeva di me, quelle di Mehmet e Marco che sussurravano qualcosa. E poi un gran silenzio. Mi ero riaddormentata.

Esseri senza volto avevano popolato il mio sonno; li vedevo agire intorno al letto dove ero distesa. In mano avevano pinze, forbici e lunghi rotoli di carta per fermare il sangue. Sì, dovevo partorire di nuovo il mio bambino e loro mi aiutavano, ma perché non avevano volto? E a cosa servivano le forbici e le pinze? Le loro mani coperte da guanti di plastica trasparente mi aprivano il petto, estraevano un sacchetto rosso, gocciolante di sangue. Non provavo dolore. Cos'era quel sacchetto? Non era un bambino. Ah, sì, era il cuore del topo sezionato nel mio libro di scienze. Ogni anno, all'inizio della scuola, chiedevo a Isabella di cucire quelle pagine. L'unica lezione che non avevo mai studiato. A lei non faceva impressione; rideva di me e diceva che ero troppo delicata per guardare dentro i corpi. Avevo orrore dei topi. Marco una volta mi aveva portato una scatoletta con un topo morto. Ero scoppiata a piangere e lui mi aveva abbracciato. Voleva aiutarmi a superare la paura, mi aveva detto. E adesso estraevano il cuore di quel topo dal mio petto, forse perché non avevo mai voluto guardarlo allora.

Era ancora notte. Da una fessura della finestra vedevo il buio e la luce gialla del lampione della strada. Dov'era Emiliano? Mi alzai a fatica. Camminavo nel corridoio con la testa che mi girava. Respiravo male per la paura appena provata nel sonno. Nella cameretta di Emiliano la luce sul comodino era accesa. Aveva paura del buio, come tutti i bambini. Mi avvicinai alle sbarre del lettino. Dormiva come sempre, abbracciato all'orsetto, con il copripigiama rosso in cui si appallottolava come in un sacco a pelo. In fondo al letto vidi la trottola luminosa. Come avevamo potuto dirci quelle cose, com'era possibile amarsi e farsi male in quel modo? No, non ero capace di sentimenti estremi. Preferivo non amare più nessuno, se si doveva soffrire e far soffrire in quel modo. Chiusi la porta senza fare rumore. Non potevo tornare nel mio letto, non volevo stare sola. Mi appoggiai al muro del corridoio. Ero gelata. La porta semichiusa del soggiorno mi invitava a entrare. Mehmet era l'unico essere al mondo che mi aveva aiutato senza chiedermi nulla. In quell'istante desideravo il suo corpo grande e rassicurante, lo avevo sognato per così tante notti.

Spinsi piano la porta a vetri del soggiorno che cigolò. Rimasi ferma sulla soglia per paura di svegliarlo. Non vedevo nulla. Poi, a poco a poco, i miei occhi si abituarono al buio e riuscii a distinguere il suo volto. Era steso sul divano, un braccio reclinato sotto la testa, mi guardava.

"Mehmet," sussurrai.

"Bambino dorme, niente paura."

"Ho paura di dormire da sola, Mehmet."

"Vado via, Maria."

Il tono della sua voce era triste e dolce.

"Quando?" gli chiesi spaventata a morte.

"Presto."

Mi lasciai cadere accanto al divano dove era disteso e lui mi tirò su verso di sé. I suoi baci sul mio viso erano caldi; odorava di sigarette e i baffi mi pungevano le labbra e la pelle delle guance. Le mani, che avevo sognato su di me ogni notte prima di addormentarmi, mi accarezzavano lentamente. Mi pareva di sentire attraverso le sue mani ogni parte del mio corpo.

"Ti piaccio, Mehmet?"

"Sì," mi sussurrò vicino all'orecchio baciandolo.

"Perché?"
"Sei bella, Maria. Sei donna. Io voglio donna forte come te."
"Non sono tanto forte, Mehmet. Ho paura, cerco di tenere tutto in piedi perché ho sempre paura che succeda qualcosa di terribile. Quando ero bambina, mi sentivo responsabile di mia madre, di mia sorella. E poi loro stavano meglio di me. È sempre stato così. Non riesco a gettarmi nelle cose, non riesco a non vedere i pericoli. Prima di decidere qualcosa, ci penso per così tanto tempo. E ora mi sembra di non sapere più amare nessuno, Mehmet, anche tu me lo hai detto."
Mehmet mi prese il viso tra le mani.
"Il mondo diviso in due parti, qualcuno tuffa avanti come cieco, qualcuno pensa un anno prima di tuffarsi. Tu apri il tuo cuore piano."
Mi baciò sulle labbra, ma io non riuscivo a tacere.
"E tua moglie?"
Si stese di nuovo accanto a me con il braccio reclinato sotto la testa, come quando ero entrata.
"Quando sposata ero ragazzo e lei sedici anni, incinta di Turgut."
"È per loro che torni?"
"No solo. Io lavoro contro dittatura."
Erano tutti così in quel periodo gli uomini, avevano grandi scopi e seminavano la terra di bambini e donne abbandonate. Ma questa seconda cosa forse era sempre avvenuta. Mehmet mi raccontava della moglie bambina e dei suoi tre figli come fossero lo scopo della sua attività politica, ma non si ricordava che età avessero e non sapeva dove fossero andati a vivere. Mentre parlava, mi accorsi che non l'ascoltavo più. Fissavo il suo volto nella semioscurità, le spalle nude, il petto. Lo baciai all'angolo della bocca e lui tacque. Mi abbracciò e riprese ad accarezzarmi sotto la camicia da notte. Il divano era stretto e non ci conteneva entrambi, dovevamo alternarci uno sull'altra. I nostri corpi si conoscevano come si fossero ritrovati dopo un lungo viaggio.
Restammo tutta la notte insieme. All'alba, quando lui si addormentò, andai in cucina a preparare la colazione. Aspettavo il gorgoglio del caffè e guardavo la facciata del palazzo di fronte. L'alba la colorava di chiazze rosate. "L'alba dalle dita di rosa." Mi tornò in mente la scuola; lo studio pomeridiano offuscato dal sonno del dopo pranzo. Il volto di mia sorella si fece largo tra i ricordi. Quante cose dovevamo raccontarci, avremmo dovuto passare un lungo periodo insieme e non uscire mai di casa, come mi aveva scritto

nella lettera. Ma chissà quando sarebbe avvenuto. Emiliano comparve sulla porta, con il suo orsetto in mano, le guance rosse e i capelli dritti in testa. Mi corse in braccio senza dirmi niente. Si rannicchiò su di me in silenzio, caldo come un panino appena sfornato.

Quanti giorni restammo insieme in quel modo? Forse dieci giorni o un mese, non di più. Ora la nostra vita in comune era un'allusione continua a ciò che accadeva tra noi di notte. Le azioni quotidiane ci sembravano piene di sottintesi, di una complicità tenera, e faticavo a non accarezzargli la mano mentre tagliava il pane, a non abbracciarlo quando entrava in cucina al mattino, appena sveglio, e si accendeva la prima sigaretta dopo il caffè. Anche l'odore di cipolla mi pareva ora un profumo delizioso. Non pensavo a Marco in quei giorni né ero preoccupata per il giorno della laurea che si avvicinava e per la partenza di Mehmet. Non facevo progetti, mi affidavo all'idea nuova per me che qualcuno avrebbe preso prima o poi una decisione al mio posto. Mia madre veniva a trovarci e ci salutava come una tranquilla coppia sposata. Ero convinta non avesse intuito nulla. Un giorno, sulla porta di casa, mi sussurrò:

"Io ti capisco, Maria. Al tuo posto, avrei fatto la stessa cosa, ma non lo dire a Marco. Tanto, tutto questo finirà: il turco, la politica, le fughe di tua sorella. Prima o poi dovrete vivere come tutti".

"Come te e papà?" le chiesi indispettita. Mi urtava l'aria grave con cui prevedeva a tutti lo stesso destino.

"Meglio, se ci riuscite. Papà è stato male questa notte, dovresti venire più spesso e portargli il bambino."

"Non so cosa dirgli. Gli chiedo come sta e poi cerco degli argomenti e non li trovo."

Mi baciò senza aggiungere nulla. Anche a lei capitava la stessa cosa, ma aveva deciso, malgrado tutto, di restare con lui. Mi chiesi perché. Lui l'aveva tradita, l'aveva lasciata a casa la sera a tormentarsi quando andava dalla signora Gagliarini. Forse il loro passato comune, il modo in cui si erano innamorati tanti anni prima, aveva tolto loro la voglia e la forza di ricominciare seriamente con altri. Mi venne in mente Marco, il modo in cui ci eravamo lasciati. Chissà se la durezza di quegli anni, il bambino e le verità che avevamo cominciato a dirci ci avrebbero aiutato a rimetterci insieme. Mi chiesi se l'amassi ancora. In quel momento volevo solo che la predizione di mia madre non si avverasse, che quel periodo con Mehmet non finisse.

Era maggio. Il caldo dell'estate si faceva già sentire. Un pomeriggio rientravo con Emiliano. Nel cortile della nostra casa i bambini giocavano sotto il sole, con le magliette leggere e i visi sudati. Una madre con cui avevo fatto amicizia mi chiese di lasciarle Emiliano. Nell'ascensore pensai che avrei potuto abbracciare Mehmet subito, appena entrata in casa, senza aspettare la notte. Mi era venuta voglia di uscire a passeggio insieme, di portarlo al mare, di sdraiarci sulla sabbia. Forse nei mesi estivi avrei potuto accompagnarlo in Turchia. Mi avrebbe portato in cima al monte Ararat; lo avrei lasciato libero di andare a casa dalla moglie e dai bambini. Lo avrei aspettato tutto il tempo che voleva. Forse i parenti della moglie ci avrebbero lapidato, come era successo alla sorella di mia madre, ma in quel momento non me ne importava nulla. Non pensavo neanche alla polizia che lo cercava. La felicità che sentivo all'idea di rivederlo annullava ogni ostacolo.

All'ingresso vidi il suo cappotto. Era appeso a una stampella sull'attaccapanni. Me ne ero dimenticata. Mehmet era uscito poco anche d'inverno, due o tre volte per spedire delle lettere e per incontrare un suo connazionale. Di nuovo mi stupii della stranezza di quel cappotto. Sembrava il soprabito di un gigante; le mostrine gli davano l'aspetto di una divisa militare. Nella casa c'era un silenzio totale. Appoggiai le buste della spesa a terra e vidi, infilzato nella stampella, un foglio di carta. Mi parve che la stampella mi si conficcasse nel cuore. Lessi il biglietto nel buio dell'ingresso.

"Maria, lascio a te mio cappotto. Mio padre rubò a soldati e mia madre cucì bottoni nuovi per lui. Torno per prenderlo se dittatura cade. Non separare te da lui, torno per prenderlo. Parlato a Emiliano. Lui grande e forte come te. Ti amo, Maria."

Strinsi i pugni per non piangere. Sapevo che se ne sarebbe andato, me l'aveva detto, ma non riuscivo ad accettare la verità. Cercai di radunare i pensieri: Emiliano, la laurea, Marco, mia sorella, tutti i progetti di lavoro che avevo fatto. Guardai dalla finestra il sole.

Qualcosa della mia vita se ne stava andando con Mehmet, ma non riuscivo a capire cosa. Non c'era stato tra noi nessun impegno; mi aveva sempre parlato della moglie, dei figli, del suo paese a cui teneva più di tutto. Lo rividi fermo davanti alla porta, la mattina in cui era arrivato con il suo sorriso beffardo, le valigie, le spezie, il cappotto. Mi ricordai del bosco di bambù della mia infanzia e delle fantasie di mia sorella.

Eravamo fatti per percorrere strade conosciute, già segnate da chi ci aveva preceduto oppure, come sentiva mia sorella da bambina, per realizzare le nostre fantasie? Dubitai per un secondo dell'esistenza di Mehmet. Forse anche lui era una fantasia di un'adolescente che aveva sognato incontri, avventure, viaggi. Ma il cappotto era lì, appeso alla stampella. Di quel periodo della nostra vita, in cui tutti avevamo pensato in modi diversi di poter vivere fuori dal tracciato, a me restava un cappotto rubato a un soldato da un contadino turco, a cui la moglie aveva cambiato i bottoni.

Quel giorno, con Emiliano che si rotolava nei vestiti invernali, feci il cambio di stagione. Ordinatamente, come avevo visto fare a mia madre, infilai nei sacchi di plastica i pullover, le giacche, i cappotti, compreso quello di Mehmet. Mentre lo sistemavo tra la mia roba e alcune vecchie giacche di Marco, mi accorsi che Emiliano si era bloccato nel gioco e mi fissava serio.

"Mémé torna," mi disse.

"Sì, torna e poi, se non torna, andiamo noi da lui a riportargli il cappotto," gli risposi sorridendo e ricacciando indietro le lacrime.

Accarezzai la stoffa prima di avvolgerlo nella plastica, la annusai. L'odore di Mehmet, delle sue sigarette, delle sue spezie mi fece tremare di desiderio, di nostalgia. Avrei conservato quel cappotto per tutta la vita, l'avrei tirato fuori dal mio armadio a ogni stagione. Lui mi aveva chiesto di non separarmene, era la prova che sarebbe ritornato.

Chi era Mehmet se non un genio apparso un giorno per ricoprirmi d'oro, e scomparso poi in una nuvola di fumo lasciandomi il suo cappotto in pegno?

Emiliano aveva ripreso a giocare tranquillamente, sicuro che la mia predizione si sarebbe avverata, come tutte le predizioni materne. Per qualche giorno ci fu in casa un persistente odore di naftalina.

12.

L'isola che Isabella aveva scelto per il nostro incontro era l'ultima dell'arcipelago greco. Per arrivare ad Astipalea ci volevano dodici ore di traghetto. La nave era una carretta antidiluviana e il mare, gonfiato da un meltémi potente, sembrava vicino a scardinare da un momento all'altro le murate arrugginite.

Dalla cabina bassa in cui ero imprigionata per via del maltempo, udivo i tonfi dei camion giù nella stiva, i lamenti delle cime con cui i marinai avevano malamente assicurato il carico. Ci furono innumerevoli scali e trasbordi di passeggeri su altre isole. A ogni tappa mi veniva il desiderio di scendere, di mettere fine a quel tormento. Maledicevo mia sorella per avermi convocata in quel posto in capo al mondo, quando il mare greco era pieno di isole più vicine e bellissime. Ma come avrei potuto avvertirla?

Nella lettera che finalmente mi aveva scritto, Isabella mi dava solo un recapito postale dove avrei potuto comunicare il giorno e l'ora del mio arrivo. Dall'oblò velato di schiuma e di salsedine, non riuscivo a vedere l'esterno. Non potevo fare altro che leggere e pensare. Nelle prime ore di viaggio, ero tormentata dal senso di colpa per avere lasciato Emiliano a Marco. Cercavo di ragionare e di tranquillizzarmi. Marco era il padre ed era giusto che si conoscessero e passassero due settimane di vacanza insieme. Eppure la nostalgia del bambino non mi abbandonava. Mi pareva sempre che nessuno sarebbe stato capace di capire i suoi desideri e di renderlo felice.

"Non c'è nessuna ragione perché sia sempre felice," mi avrebbe risposto Isabella, "le durezze della vita rendono forti."

Col passare delle ore il mio pensiero era andato a lei, al nostro incontro in quell'isola irraggiungibile. Nelle sue peregrinazioni si era fermata lì già da due mesi. Nella lettera non mi aveva spiegato il perché, né se Leo fosse ancora con lei. Forse si era legata a qualcun altro e aveva deciso di passare il resto dei suoi giorni ad Astipalea. Era diventata la donna di un greco dell'isola, preparava per lui maialini arrosto e insalate con la feta e le olive nere. La notte facevano l'amore in un letto bianco con la finestra aperta sul mare. Oppure se ne stava nell'isola in compagnia di un archeologo inglese, di uno scrittore, di un pittore e lei stessa si era messa a dipingere, a scrivere o a ballare come Isadora Duncan. Isabella era capace di tutto.

Ci stavamo fermando ancora una volta in mezzo al mare. Udivo delle urla. Dall'oblò riuscii a distinguere una barca con passeggeri e valigie che si allontanava dalla nave, faceva rotta verso un lembo di terra roccioso. I motori si rimettevano in moto. Lasciavamo la calma dell'isola, di nuovo ci battevamo contro il mare aperto.

Forse Astipalea non esisteva ed ero l'unica passeggera rimasta sulla nave. Forse quel viaggio era un sogno. Solo nei sogni riuscivo a fantasticare in quel modo. O forse era la vicinanza di mia sorella a staccarmi da tutto. Il bambino, Marco, mia madre, la mia casa si allontanavano, sparivano inghiottiti dal mare. I miei sentimenti per loro diventavano dolci ricordi. Stavo per incontrare mia sorella. La nostra infanzia, le sue fantasie macabre sulla vita, i folletti e gli spiriti che si inventava per farmi paura, il suo passato con dei genitori sconosciuti, mi parevano in quel momento l'unica realtà della mia vita. Mi addormentai, indifferente ai tonfi violenti della nave che mi sbattevano da un lato all'altro della cuccetta.

Sognai Mehmet. Mi aspettava al porto, era venuto a prendermi con una barchetta. Dal ponte della nave lo vedevo mentre attraccavamo. Tra i passeggeri mi cercava con lo sguardo, senza riuscire a distinguermi. Inutilmente mi sbracciavo e gli sorridevo. Ma forse non era me che cercava. Notavo all'improvviso, come apparsa dal nulla accanto a me, una donna velata. Gli faceva cenno con la mano anche lei. Insieme lo chiamavamo. E lui finalmente ci sorrideva. A me o a lei? Eravamo così vicine che non riuscivo a capirlo.

Mi svegliai in un bagno di sudore. Il vento era cessato, e nella cuccetta si bruciava come in un forno. La nave scivolava nell'acqua ferma del porto di Astipalea. Tutto il paese mi parve assiepato sulla banchina ad aspettarci. Più tardi seppi che le autorità dell'isola avevano temuto un naufragio. Guardai l'orologio: avevamo viaggiato venti ore invece di dodici, e io ne avevo dormito almeno la metà. Una mia amica mi aveva raccontato che il padre era riuscito a sopravvivere in un campo di prigionia dormendo.

Scesi la passerella dietro ai pochi passeggeri rimasti, stordita dal sole e dal movimento della nave che sentivo ancora in tutto il corpo. Cercavo con lo sguardo Isabella. D'un tratto la vidi su una barchetta a motore, ferma accanto alla fiancata della nave, mi faceva segno ridendo. Era come nel mio sogno, non me ne stupii. Quel viaggio era stato irreale fin dall'inizio e aspettavo di poterla toccare per essere sicura di essere arrivata.

"Maria, già mi tormentavo di avere causato la tua morte prematura!" mi disse abbracciandomi, appena misi piede in barca.

"C'è poco da scherzare, credevo di morire veramente. Ma come ci sei arrivata in quest'isola?"

Avevo giurato che per qualche tempo non sarei più salita su un'imbarcazione e mi ritrovavo a bordo di una precaria barchetta. Il mondo continuava a ballarmi intorno.

Isabella mi disse di sedermi a prua e mise in moto. Con un'abilità straordinaria, manovrò e si fece largo tra le barche dei pescatori ancorate in porto. Prese il largo come se per tutta la vita non avesse fatto altro che pilotare barche. Era tutta dorata, i capelli, gli occhi, le gambe nude sotto la maglietta bianca, il viso. I piedi erano incrostati di nero come quelli dei pescatori. Portava i capelli sciolti sulle spalle, un nastrino turchese sfilacciato, legato intorno alla fronte, li teneva lontani dal viso.

"Come sei bella" le dissi quando fummo fuori dal porto.

"Tu invece hai il viso giallo e gli occhi smorti, hai studiato troppo. Anzi, complimenti per la laurea. Mamma me lo ha comunicato come si fosse laureata lei. Qui ti devi riposare, quando arriviamo vai a dormire."

"Dormire! Scherzi, non ho mai dormito tanto nella vita. Appena arriviamo mi butto in acqua e mi stendo al sole. Ma dove dobbiamo arrivare?"

Dal mare l'isola sembrava poco costruita, stretta e rocciosa, con poche insenature deserte. Il mare era blu scuro. I fondali dovevano essere profondi. Forse c'erano anche squali.

"Andiamo a casa, arrivarci dal mare è più comodo. La strada è brutta e piena di curve."

"Vuoi farmi una sorpresa o posso chiederti perché stai qui? Con chi? Dove? Come vivi? Che lavoro fai? Dove sei stata per tutto questo tempo? Leo dov'è? Potevi scrivermi qualche lettera invece di tutte quelle cartoline. E potevi anche avvertirmi che mi avresti mandato il turco."

Si mise a ridere.

"Perché non hai portato Emiliano? Cosa penserà di una zia che non lo ha mai conosciuto? Si sarebbe divertito con i bambini di Mina."

"Chi è?"

"L'amica con cui viviamo. Ha due bambini, uno di tre anni e una di uno. È nata in Macedonia. In una vacanza qui si è innamorata del fornaio e si sono sposati. Ci hanno affittato una camera nella loro casa. Leo è un uomo del passato!" mi rivelò con un gesto teatrale che fece inclinare la barca. "Rafael è il mio nuovo amore, l'ho incontrato in Cile. Ero lì con Leo, in un'isola disabitata, a riprendere gli animali per un programma televisivo. In realtà il programma era una copertura. Volevamo riportare in Olanda materiale sulla vita in Cile dopo il colpo di stato. Ma i militari erano dappertutto. Il giorno in cui abbiamo incontrato Rafael, stavamo aspettando da giorni l'accoppiamento di due leoni marini sulla punta rocciosa dell'isola. Si corteggiavano e non concludevano. Rafael è sbucato da una roccia, davanti all'obiettivo della telecamera, sembrava un leone marino anche lui. Si era nascosto nell'isola e ci viveva come Robinson Crusoe. Un amico gli portava viveri e notizie. I leoni marini sono belli quando sono una rarità. Lui ne parlava ormai come fossero esseri umani crudeli e nevrotici. Diceva che sono reazionari perché ubbidiscono tutti a un solo capo. Stava impazzendo. Lo abbiamo fatto viaggiare con noi fino a Santiago, nascosto nel cofano della jeep. La notte lo facevo uscire e gli portavo da mangiare. Come lui non ne potevo più dei leoni marini, e anche di Leo," aggiunse ridendo. "Rafael, al contrario di Leo, è dolce, malgrado abbia sofferto, e si aspetta sempre qualcosa dalla vita. Comunque lo conoscerai. L'ambasciata olandese gli ha procurato il visto. Siamo rimasti un po' ad Amsterdam e poi siamo venuti qui in vacanza e ci siamo rimasti. Per Rafael è difficile vivere in una città straniera. Gli mancano il Cile e la sua famiglia. Qui invece nessuno gli chiede niente. E tu?"

"Meno avventuroso."

Scoppiammo a ridere e la barca si inclinò da un lato.

"Ci sono squali?" le chiesi.

"Fifona! Certo che ci sono! Squaloni giganteschi che hanno saputo del tuo arrivo! E Mehmet? Ti è piaciuto Mehmet?"

"Sì, mi è piaciuto," le risposi senza guardarla. Non volevo rivelarle subito la nostra storia. Era la prima volta che le nascondevo qualcosa. “Se ne è andato, mi ha lasciato il suo cappotto.”

“Il suo famoso cappotto militare?”

“Sì, spero che non l’abbiano arrestato, aveva malinconia del suo paese, della moglie e dei figli.”

“Mehmet sposato! Ti ha fatto vedere le fotografie? Ha una lunga serie di fotografie rubate ad amici e parenti. Sei sempre la stessa, Maria! Mehmet ha fatto di tutto: l’avventuriero, il marxista, il trafficante d’armi, la guida turistica, l’intellettuale, il cuoco, il poeta, il seduttore. Forse ha lasciato anche mogli e figli sparsi per la Turchia, in qualche paese dove è passato.”

“Ma era così gentile e carino con me e con Emiliano...” balbettai delusa. Ero annichilita, come quando da bambina mi rivelava i segreti dei nostri genitori. “Come le sai tutte queste cose?”

“Ecco, guarda, siamo arrivate!”

Mi voltai; stavamo entrando in un’insenatura più profonda delle altre, non proprio un porto. C’erano alcune barche di pescatori ancorate a un piccolo molo. Sulla collina di rocce e vegetazione bassa si vedevano delle case bianche e rosa.

13.

Rafael lavorava al forno con Antos, il marito di Mina. Uscivano prima dell'alba e rientravano il pomeriggio, quando noi eravamo al mare con i bambini. Mina e Isabella fabbricavano collane, braccialetti e orecchini di perle colorate da vendere ai pochi turisti che riuscivano ad arrivare fino ad Astipalea. Mi avevano coinvolto in quel loro lavoro improvvisato. La mattina ci mettevamo sulla terrazza al sole a intrecciare collane come delle bambine. I due figli di Mina giocavano accanto a noi, sorvegliati dalla madre di Antos che era vedova e viveva col figlio. Si chiamava Irene e cucinava per tutti in modo meraviglioso. Aveva adottato la nuora venuta dal continente e l'amava, malgrado Mina fosse incapace di occuparsi della casa, della cucina e anche dei figli. Li lasciava liberi e sporchi come piccoli selvaggi. Mina era pigra e lamentosa ma aveva talento nel vestirsi. Aveva un corpo lungo come una gazzella e la pelle olivastra; nel viso tondo, il naso pronunciato le dava un'espressione severa. Gli occhi nerissimi erano sempre eccitati. Portava lunghe gonne colorate e braccialetti che si arrotolavano come serpenti sulle braccia sottili. Per Antos aveva rinunciato senza rimpianti a diventare una stilista di moda. Si vestiva per lui e uscivano la sera, davanti allo sguardo comprensivo di Irene, per andare a passeggiare o a ballare. Per il fornaio Mina era la dea della bellezza e dell'amore, si sentiva fortunato di averla incontrata, di avere fatto colpo su quella ragazza di buona famiglia, venuta in vacanza nella sua isola. L'arrivo di Isabella e Rafael era stato una manna per tutti e due. Per Antos una liberazione dall'idea di doverla lasciare tutti i giorni da sola con la madre e i due bambini. Per Mina uno sfogo. Le piaceva spettegolare. Isabella le raccontava dei suoi viaggi e Mina degli uomini che aveva incontrato prima di Antos.

Nei primi giorni per me e mia sorella ci furono poche occasioni di rimanere sole. L'attività della casa, il sole e il mare, la piacevolezza delle serate sulla terrazza, dopo una delle cene di Irene, facevano scivolare via i giorni della mia vacanza. Mi addormentavo presto, nella stanzetta accanto a quella dei bambini, un sonno profondo e senza sogni.

I bambini di Mina mi facevano pensare a Emiliano. Marco si era unito a un gruppo di amici napoletani. Avevano affittato una casa a Massa Lubrense per l'estate. Mi chiedevo se Emiliano fosse felice. Forse era diventato la mascotte di quella colonia di reduci, se ne occupavano a turno e lo facevano giocare. Marco gli insegnava a nuotare, e la notte si addormentavano nello stesso letto. Ma non avevo nessuna informazione precisa.

Ogni giorno scendevo al paese e aspettavo il turno per telefonare. Ma la linea cadeva in continuazione e quando finalmente riuscivo a prenderla, non rispondeva mai nessuno. Una volta li avevo trovati. Marco aveva appoggiato la cornetta all'orecchio di Emiliano. Mentre gli parlavo, udivo il respiro accelerato di quando era preda di una forte emozione. Le rassicurazioni di Marco mi avevano tranquillizzato solo in parte; anche lui mi era sembrato nostalgico e spaesato. Forse avrei dovuto proporgli di partire insieme, dimenticando le nostre risse e l'odio che avevo visto nel suo sguardo l'ultima volta che ci eravamo incontrati. Marco era mio marito, forse tutto poteva essere di nuovo semplice tra noi.

Rafael era taciturno e poco espansivo con Isabella. Una sera ci aveva raccontato dei rastrellamenti la notte del colpo di stato. La paura, la ricerca allucinata di un posto dove nascondersi. Insieme alla donna con cui stava, si erano infilati in un tombino e avevano cercato un angolo di fogna dove aspettare e fare passare il peggio. La fame e la sete li avevano costretti a uscire. In un paese vicino a Santiago, mentre lui era in cerca di cibo, lei era stata presa e fucilata. Lì era iniziata la sua fuga solitaria verso sud, fino all'isola dove si era nascosto e aveva convissuto per un anno con i leoni marini. Non mi pareva aspettarsi granché dalla vita, al contrario di quello che mi aveva detto Isabella.

Certe volte, nel suo sguardo, ritrovavo la stessa durezza di Marco. Il pomeriggio nuotava per ore, spariva lentamente all'orizzonte. Isabella non ci faceva caso. Io invece me ne stavo seduta sulla spiaggia, fino a che non lo vedevo ricomparire in lontananza. Quando tornava, restava in piedi ad asciugarsi al sole, scuotendo i capelli ricci, e mi guardava. Sentivo il suo sguardo insistente su di me e me ne chiedevo la ragione. Come sempre non dubitavo che fosse innamorato di Isabella. Mia sorella mi pareva ancora più bella e affascinante dell'ultima volta che ci eravamo viste. Lei certamente era innamorata di lui. La sera si stringeva al suo braccio e gli appoggiava la testa sulla spalla. Lo accarezzava spesso come un bambino sofferente. Ma lui non ricambiava la sua tenerezza e mi pareva che evitasse di restare solo con lei. Di Mehmet, dopo il primo giorno, non avevamo più parlato. Avrei voluto raccontarle la nostra storia, ma qualcosa mi tratteneva. Ci pensavo spesso; forse era un mascalzone, un imbroglione, ma avevo nostalgia del nostro amore segreto, non avevo voglia di sapere la verità sul suo conto.

Sulla spiaggia lanciavo brevi sguardi a Isabella stesa al sole con gli occhi chiusi; più in là Rafael costruiva con la sabbia un castello per i bambini di Mina e io fingevo di leggere. Irene controllava i nipoti e si sventolava accanto a un telo piantato sulla sabbia con tre canne. Mina, sotto il telo, si dipingeva le unghie di rosso. Mi pareva che fossimo tutti sospesi, incapaci di capire i nostri sentimenti e di prendere una decisione su noi stessi. Dovevamo trovarci un'occupazione, forse emergere in qualcosa o semplicemente crescere i figli come aveva fatto Irene. Ma ogni decisione sembrava limitata rispetto all'idea del mondo che ci eravamo fabbricati nella nostra giovinezza. La sera, ubriaca di cibo e bevute, ero felice di stare con loro, la mattina, sotto il sole, mi sembravano dei bambini. Avrei voluto andarmene, tornare da Emiliano, cercarmi finalmente un lavoro e iniziare una vita adulta.

Un pomeriggio decisi di fare una passeggiata sulla spiaggia, volevo vedere cosa c'era dietro il promontorio di roccia che isolava la nostra caletta dal resto della costa. Rafael si era già allontanato a nuoto. Il mare calmo sembrava averlo ingoiato. Mina era andata con la suocera a casa a portare i bambini. Doveva tornare a momenti. Isabella si era addormentata al sole.

Camminavo e lasciavo orme precise sulla sabbia. Mi arrampicai sul promontorio. Superai larghi tagli nella roccia; in alcuni il mare formava dei vortici, in altri, più lontani dall'acqua, la sabbia asciutta emanava un odore forte di salsedine mista a catrame. Poco mancava alla fine del promontorio, e mi fermai a guardare la cala grande che si stendeva fino alla punta estrema dell'isola. Nel silenzio, udii la voce rauca di Mina accanto a me. Da un'apertura nella roccia, vidi Rafael steso su di lei. Erano nudi dentro un anfratto. In un angolo, appallottolata, la gonna lunga di Mina. Il costume bagnato di Rafael era accanto al suo corpo.

Tornai indietro troppo rapidamente e un piede prese a sanguinarmi. Sulla spiaggia camminavo di nuovo sulle mie orme zoppicando. La sagoma lontana di Isabella mi sembrò all'improvviso un cadavere steso sulla spiaggia. Presi a correre. Quando arrivai, mi sedetti accanto a lei svegliandola. Aprì gli occhi e mi sorrise.

"Dove sei stata?"

"Fino alla cala grande, non ci ero mai stata."

Si tirò su sbadigliando.

"Rafael?"

"È ancora fuori a nuotare," balbettai.

Si massaggiava la gamba intorpidita. Aveva il viso cotto dal sole.

"Come ti sembra? Non me l'hai ancora detto. Non ti piace, vero?"

"Tu conosci i segreti di tutti, ma mi sembri cieca quando parli di lui, di Mina, di Antos. I tuoi amici prima ti sembrano fantastici e poi, dopo un po', ti accorgi che non sono così perfetti e li molli. Così hai mollato Leo, Occhiobello e gli altri."

Mi fissò dritto negli occhi, come quando da bambina cercava di capire il problema di matematica che le ponevo.

"Perché sei arrabbiata, Maria?" mi chiese alla fine stupita.

La mia rabbia cresceva all'idea di quei due stesi sulla sabbia poco lontano da noi. Forse Mina aveva progettato di andarsene con lui e lasciare i bambini. O invece era solo un'avventura estiva per spezzare la monotonia della sua vita di moglie. Che ingenue eravamo tutt'e due! Marinella, ai suoi tempi, ci trattava già da ragazzine sprovvedute. In quel momento mi sentivo piena di rabbia contro di me e contro Isabella.

"Cosa pensi di fare, Isabella, restare qui a vita? Cosa hai combinato fino ad adesso? Non hai finito il liceo, senza Leo non hai un mestiere. Pensi di infilare collane fino alla fine dei tuoi giorni? Come fai a non pensarci?" le dissi piena di astio.

Mi sorrise e si alzò per sgranchirsi le gambe e togliersi la sabbia. La sua voce calma nascondeva qualcosa. Non avrei saputo dire se risentimento o disperazione, comunque l'avevo colpita.

"Cara Maria, io non sono come te. Un mestiere da qualche parte lo si trova sempre, soprattutto io che non ho grandi pretese. Tu sei laureata, ti cercherai un lavoro. Non ti preoccupare per me."

Mi alzai di scatto e le andai vicino. Le sue parole mi avevano caricato di aggressività.

"Sei così sicura di te, eh? Guardi gli altri come dei poveri cristi, quelli che studiano, si sposano, fanno una vita normale. Lo sai dov'è Rafael in questo momento?"

Aprì la bocca per rispondermi ma il labbro iniziò a tremarle, e la voce le uscì appena.

"Sbagli, Maria, io ti ammiro. Vorrei essere come te, ma non posso. Te l'ho detto, non riesco a concentrarmi sui libri, non riesco a stare ferma per tanto tempo. Mi piace muovermi. Ma non è un male, no? Si può anche vivere in un altro modo, o no? Dobbiamo fare tutti le stesse cose? Dov'è Rafael?" balbettò alla fine, ma non mi diede il tempo di rispondere.

"Io so che non mi vuole fino in fondo, me ne sono accorta. Quando sto bene con una persona, mi sembra che non mi serva nient'altro. Ma a lui non piace questo. Neanche a Leo piaceva. Neanche a Occhiobello. E ora neanche a te. Le persone che amo, alla fine non mi rispettano. Ma non me ne importa niente, non è il rispetto degli altri la cosa che mi interessa nella vita e comunque non voglio giudicare nessuno. Sono una fallita, Maria? È questo che mi stai dicendo. Quello che ci sembrava bello prima è diventato brutto e vergognoso. Sì, me ne sono accorta. Allora diventerò anche io così ai tuoi occhi. Mi giudicherai come mi giudica papà. Ci sono delle cose che si possono fare a una certa età e che dopo diventano patetiche. Sono intelligente, sai! Non credere che se non mi riesce di studiare, io sia una scema. Mi piacciono i libri, ma quelli che scelgo io. Io posso non vederti mai più, Maria, se tra noi non ci sono più comprensione e amore."

Avrei voluto rimangiarmi tutte le parole che le avevo detto. La sua debolezza ora mi appariva una forza. Durante tutta la nostra infanzia l'avevo considerata in quel modo: un momento mi pareva stupida e il momento dopo geniale. Chi era mia sorella? Stava in piedi e mi guardava. La pagliuzza dorata dell'occhio sinistro era dilatata e brillava come un riflesso di sole negli occhi verdastri. Ebbi la sensazione precisa che da quel momento in poi avrei dovuto aiutarla io. La forza che mi aveva sempre dato lei, la vitalità, l'incoscienza, la grazia, si stavano trasformando agli occhi di tutti, anche ai miei, in una debolezza infinita. Lei stessa prima o poi se ne sarebbe resa conto. O forse già lo sentiva e se lo nascondeva, sentiva che si stava spostando dal centro della vita a un margine precario e pieno di insidie.

"La capacità di adattamento è strettamente legata alla capacità di sopravvivenza," recitò dentro di me un libro di scuola. Ma lei era capace più di me di adattarsi alle situazioni estreme, anche Mehmet l'aveva detto. Forse non alla vita di tutti, a quella più facile. Una volta, quando era piccola, dopo avere visto un programma sui leopardi alla televisione, mi aveva detto che se fosse rinata, avrebbe voluto fare la vita del leopardo perché la nostra le sembrava troppo facile.

Di nuovo, come quando crescevamo insieme, mi venne l'idea del pericolo che incombeva su di lei. La vidi trascinarsi in una strada fetida di una città qualsiasi.

"Scusami, Isabella. Non so perché sono così nervosa e tesa. Perdonami," le dissi avvicinandomi.

Si fece abbracciare, ma il suo corpo era rigido, lontano dal mio.

"Ecco Rafael!" le mormorai sollevata.

Camminava lentamente sulla spiaggia verso di noi. Isabella si liberò dal mio abbraccio, gli corse incontro. Da lontano mi parve che lui mi guardasse.

14.

Nell'ultima settimana di vacanza Isabella cercava in ogni modo di stare con me il meno possibile. Se si accorgeva che rischiavamo di rimanere sole, subito si offriva di accompagnare i bambini a casa e lasciava Mina e Rafael con me sulla spiaggia. Mi mandava a fare la spesa con Rafael o pregava Mina di accompagnarmi in paese a telefonare. Così mi toccava condividere il tempo con i due amanti. Davanti a me fingevano di ignorarsi. Non riuscivo a capire se quel giorno, sulle rocce, si fossero accorti della mia presenza. Certe volte pensavo di sì e altre volte, vedendoli tranquilli insieme, mi pareva impossibile. Nella fretta di andarmene, quel pomeriggio, avevo certo fatto rumore. Ma erano così occupati ad amarsi che forse non vi avevano fatto caso.

Rafael aveva mutato il suo modo di fare con me. Era più gentile ed espansivo, meno enigmatico. Mi chiedeva di Marco, del bambino, dei miei progetti. Mi parlava dei suoi. Dunque ne aveva anche lui. Non poteva tornare in Cile, ma non voleva vivere tutta la vita ad Astipalea o in un'altra isola sperduta. Voleva andarsene da lì. Mi parlava di Atene, di Parigi, di Roma. Aveva studiato per diventare giornalista, ma il colpo di stato l'aveva costretto a interrompere gli studi, adesso voleva ricominciare, trovarsi un lavoro, chiedere la nazionalità a un paese europeo. Mi parlava di tutto con rabbia e ostinazione, come dovesse dimostrarmi qualcosa, giustificarsi. Non so perché ma non riuscivo a odiarlo. Per Isabella Rafael era ancora il ragazzo incontrato tra i leoni marini e salvato dalla pazzia. Ma lui era cambiato, si infastidiva delle sollecitudini di mia sorella, e io lo capivo. Come quella volta sulla spiaggia, Isabella non mi pareva più in grado di adattarsi ai mutamenti, neanche a quelli di Rafael. Era sempre stata la più brava a non farsi truffare dai sentimentalismi, dai ricatti affettivi. Ora si aggrappava all'immagine di eterna adolescente come un vecchio si attacca alle sue abitudini. Oscillavo tra l'amore, la tenerezza che mi suscitava e la rabbia di vederla così trasformata, così fragile. Quando era accaduto? Ma forse lei era sempre stata così ed ero io a essere mutata.

Si avvicinava il giorno della mia partenza. L'idea di andarmene, malgrado la preoccupazione per lei, mi rallegrava. Avevo voglia di rivedere Emiliano e Marco. Quando pensavo a Marco, mi pareva chiaro che l'astio nei miei confronti fosse la prova del suo amore. La mia indipendenza, la gelosia per Mehmet, l'avevano reso pazzo. Forse quel giorno era venuto per dirmi che voleva tornare, che si sentiva perduto senza di me, ora che la sua attività politica era finita. Il ricordo di Mehmet si stava allontanando come un'avventura giovanile.

Altri dubbi mi tormentavano negli ultimi giorni della mia vacanza. Cosa sarebbe successo tra i quattro dopo la mia partenza? Mi pareva che la mia presenza frenasse ogni decisione. Avevo notato un nervosismo nel comportamento di Antos. Era un uomo energico e gioviale con gli ospiti. Era innamorato della moglie. Forse aveva notato qualcosa di nuovo tra Mina e Rafael. Nel mio letto cercavo di carpire i segreti della loro stanza confinante con la mia. Una sera li avevo uditi discutere. La voce di lui era tesa e lei lo incitava a parlare più piano. Di cosa discutevano? Certe sere immaginavo un epilogo di vendetta e di sangue come nelle più ordinarie storie di tradimenti e gelosie. Mi chiedevo cosa avrebbe fatto Isabella, e il pensiero di lasciarla lì mi angosciava. Avrei dovuto rivelarle la verità, ma non trovavo il coraggio. E poi, forse, lei sapeva già tutto.

La nostra discussione sulla spiaggia, subito dopo la mia scoperta, ci aveva reso nemiche. Mi infastidivano il suo buonumore e la tenerezza verso Rafael. Mi sembravano tutte finzioni. E quando le mostravo i regali comprati per Emiliano, era lei a guardarmi con ostilità perché capiva che ero contenta di andarmene.

Una sera la sorpresi sola sulla terrazza, guardava il mare con espressione assente.

"Non ti andrebbe di partire con me? Potresti stare un po' a casa con noi, conosceresti Emiliano," le dissi, come se l'idea mi fosse venuta in mente in quell'istante.

"E Rafael? Non vuole vivere in una città, te l'ho detto," mi rispose, mettendo lui al centro della sua risposta. "D'altronde neanche io," aggiunse.

"Veramente lui mi ha detto il contrario, che gli piacerebbe molto venire a Roma. E poi non dicevo per sempre."

"Perché dovrei farlo?"

"Per stare con me, per esempio."

"Siamo state tanto insieme qui! E poi tu avrai molto da fare, il lavoro, il bambino e Marco. Cosa pensi di fare con lui?"

"Non lo so. Marco è molto cambiato, sai. L'ultima volta che ci siamo visti, mi ha detto delle cose terribili."

Di colpo mi parve interessata.

"Davvero? Cosa ti ha detto?"

Esitai e poi non mi ricordavo più cosa mi avesse detto di così terribile.

"Mah, non mi ricordo bene. Più o meno che non sono capace di gettarmi in nulla. Non so perché mi sia sembrata un'offesa così terribile. In realtà penso che volesse ferirmi perché era geloso della mia vita senza di lui."

"È cambiato veramente. Prima ti dava sempre ragione."

Il suo sorriso mi irritava.

"Sì, è cambiato, te l'ho detto. In questi anni in Italia tutto è diventato estremo. Ci si parla anche tra amici come se tutto fosse diventato questione di vita o di morte. Più di morte che di vita. Non c'è nessuna forma di tolleranza."

"Qualche volta la tolleranza vuol dire indifferenza. Mi piacerebbe rivedere Marco."

"Anche a lui farebbe piacere, credo. L'ultima volta che abbiamo litigato, mi ha cantato le tue lodi."

Ci fu un attimo di silenzio. I nostri pensieri marciavano nella stessa direzione.

"E Mehmet, come le hai sapute tutte quelle cose su di lui? Vi siete frequentati per molto tempo in Turchia?"

Si voltò verso di me stupita dalla coincidenza telepatica.

"Ci stavo pensando in questo momento. Non mi hai chiesto nulla in tutti questi giorni. Neanche perché sono andata in Turchia."

"Credevo per lavoro, dato che eri con Leo."

"Sì, diciamo un lavoro improvvisato come quasi tutti quelli con Leo. Volevo andare a Diyarbakir e vedere il paese dove nostra zia e Nazim si erano conosciuti e quello in cui erano morti. Ho visto le loro tombe. Non avrei mai immaginato che li avessero sepolti nello stesso cimitero, vicini come marito e moglie."

"Li hanno sepolti vicini?"

"Sì, strano, no? Così ho cercato di trovare qualcuno della famiglia di lui, per sapere cosa fosse successo. Alla fine ho incontrato la figlia. Ha trentacinque anni, vive in una casa bianca vicino al paese. È sposata e ha tre figli piccoli, il marito è emigrato in Germania. All'inizio non avevo osato dirgli il mio nome. Magari la vendetta da loro è eterna. Poi, nella sua casa, su un comò davanti al tavolo da pranzo, ho visto la fotografia di Nazim. Era al centro tra quella della moglie e quella della sorella di mamma. C'era un lumicino acceso davanti alle tre fotografie e dei fiori di plastica in un vaso. La fotografia di nostra zia era ritagliata da un vecchio giornale. Così le ho detto chi ero e ho saputo la verità."

Di nuovo l'eco di quella storia arrivava a noi come la scia luminosa di una stella lontana.

"Dunque la sorella di mamma e la moglie di Nazim si erano conosciute."

"Nazim, dopo la fuga, era tornato al paese per incontrare la moglie, per parlarle. Le voleva bene, non aveva intenzione di abbandonarla con i figli piccoli, senza una spiegazione. Arrivò di notte ed entrò nella camera della moglie. La figlia non sa cosa avvenne tra loro durante la notte. Si ricorda solo del bacio del padre, all'alba, prima di lasciare la casa. I fratelli e il padre della madre lo intercettarono mentre fuggiva e lo ammazzarono. Si ricorda delle urla della madre per evitare che lo colpissero, il modo in cui piangeva da pazza sul cadavere di lui. Più tardi, durante il giorno, nostra zia andò a cercarlo perché non lo vedeva tornare. Loro la stavano aspettando. La famiglia di lei nascose i cadaveri per molto tempo e l'inchiesta venne chiusa. E lì incomincia la leggenda. La moglie di Nazim l'ha coltivata per tutta la vita, parlandone di nascosto ai figli. Aveva ritagliato le fotografie della sua rivale sui giornali, le fotografie inviate dall'Italia per cercarla. Prima di morire si fece promettere dalla figlia che avrebbe riesumato i cadaveri e li avrebbe sepolti insieme, che avrebbe tenuto una loro fotografia accanto alla sua."

"È incredibile. E perché?"

"Questo è ancora più incredibile. Odiava nostra zia. Amava il marito ed era stata ferita dal suo tradimento. Ma alla figlia disse che voleva essere amata da lui nell'aldilà. Quando si sarebbero incontrati, non avrebbe sopportato di non poterlo abbracciare e baciare come il giorno del loro matrimonio. Il suo amore per lui era più forte dell'odio dei suoi fratelli e del padre. E i suoi figli l'avrebbero onorata solo se avessero onorato anche i due amanti trucidati. Non posso dimenticarmi la fotografia di quell'uomo con le due donne accanto, come due angeli protettori."

Mentre parlava, mi figuravo una casa bianca in un paese sperduto della Turchia, dove una sconosciuta si addormentava tutte le sere con la fotografia di mia zia davanti agli occhi.

"Incredibile. Se pensi che a casa di mamma non c'è neanche una fotografia di sua sorella. E Mehmet?"

"Mehmet l'ho incontrato dopo, quando abbiamo scalato il monte Ararat."

"Lo so, me l'ha detto."

"Cos'altro ti ha detto?"

La fissai per un attimo prima di parlare.

"Cosa doveva dirmi? Mi ha raccontato il vostro incontro. Era ammirato da come stavi dietro al gruppo di uomini."

"Nient'altro?"

"Cosa avrebbe dovuto dirmi?"

"Gli uomini turchi si vantano sempre delle loro conquiste."

"Siete stati insieme?" balbettai.

Sorrise come se avesse intuito ogni cosa.

"Sì, a me ha mostrato il suo lato da amante senza fissa dimora e a te?"

"Come sai che è stato anche con me?"

"L'ho capito il primo giorno che sei arrivata, dalla tua aria delusa quando ti ho raccontato le sue malefatte. Allora, con te ha fatto il santo, l'uomo tutto d'un pezzo, il marito?"

Non riuscivo a nasconderle la mia rabbia. Mi sentivo ingannata due volte.

"Perché gli hai detto di venire a casa mia?"

"La polizia lo stava cercando e le carceri turche sono terribili. Perché non avrei dovuto aiutarlo? Con me era stato onesto. Una sera eravamo stati a chiacchierare fino a tardi. Gli altri erano andati a dormire. Suo padre era un militare e lui era destinato alla stessa carriera. Ma non sopportava l'idea di entrare nell'esercito. Da bambino era stato affascinato da uno zio che era la pecora nera della famiglia, un gran bugiardo, un ladro di bestiame, un seduttore. Di nascosto dal padre gli raccontava che a est, nei paesi di montagna, c'erano popoli che vivevano senza mangiare e senza dormire, vivevano il doppio degli altri e non dovevano lavorare ma solo godersi la vita. Diceva che quello zio gli somigliava."

Dunque a lei aveva raccontato tutto di sé, e a me aveva mentito. O forse aveva mentito a tutt'e due, ma non era questo il punto. Mentre mia sorella raccontava di lui, mi parve che Mehmet fosse tornato. Se ne stava seduto tra di noi, sulla terrazza, con una delle sue sigarette puzzolenti in bocca e l'aria sorniona. Il sole calante gli colorava di un rosso acceso i baffoni spioventi.

"La notte prima di entrare in caserma, Mehmet decise di scappare. I suoi genitori si erano indebitati per comprargli la divisa. Scappò sulle montagne e si unì a un gruppo di rivoluzionari. Lì ha imparato il vocabolario marxista. Lo presero con loro perché era bravo a cucinare e a sparare. Ammiravano il suo cappotto militare a cui Mehmet aveva cambiato i bottoni e le mostrine. Ma era un esercito anche quello. Così decise di scappare di nuovo nella parte orientale del paese, quella che lo zio gli aveva decantato, dove era anche più facile nascondersi. E lì ha iniziato a vivere di furti, di piccoli lavori. A questo punto lo cercavano sia la polizia che il partito comunista clandestino. Non so perché mi raccontò tutto, senza paura che potessi denunciarlo o solo disprezzarlo. Fu sempre lui a cercarmi. Quando sei arrivata, e ho capito che era stato anche con te..."

"Sono andata io da lui una notte. Mehmet mi ha sempre rispettato perché ero sposata e c'era Emiliano. Per molte notti ho immaginato, forse lo desideravo, che lui sarebbe venuto da me. Mi irritava, mi diceva di credere ciecamente nella rivoluzione. Mi ha mostrato le fotografie della moglie e dei figli. Sapeva fare tutto. Ma non era neanche questo che mi piaceva di lui. Era di poche parole ma mi capiva bene. Con lui ho potuto parlare delle mie paure, del fatto che mi sembrava di non scegliere niente, che la mia vita fosse già tracciata. Ho parlato con lui come mi succedeva con te."

Ora avrei potuto raccontarle tutto, la mia vita, i miei pensieri dall'ultima volta che ci eravamo viste. Lei mi avrebbe ascoltato fino in fondo, come non ci fossimo mai lasciate. La rabbia di pochi istanti prima, la stessa dell'ultima settimana della nostra vacanza, era scomparsa. Avrei voluto ricominciare tutto da capo. Quante cose avevamo evitato di dirci, come avrei fatto a non vederla di nuovo per tanto tempo. Non c'era al mondo un'altra persona come lei capace di capirmi e di ascoltarmi. E io l'avevo ferita senza ragione. Le presi la mano che giocherellava sul tavolo con una mollica di pane, le accarezzai il dorso abbronzato e indurito dal sole.

"Così ora abbiamo anche noi il nostro turco," mi disse sorridendo.

"Già, lo hai fatto apposta, di' la verità!"

Ci venne da ridere, come quando parlavamo di ragazzi a scuola, o come quella mattina, in macchina, quando lei aveva smascherato la tresca tra nostro padre e la signora Gagliarini. L'atmosfera si era alleggerita all'improvviso. Mehmet volteggiava tra di noi come il genio della lampada o il pascià di una favola delle Mille e una notte. Forse anche la moglie di Nazim e nostra zia avrebbero chiacchierato in quel modo del loro amore comune, se la vita le avesse fatte incontrare. Scherzavamo bonariamente sul nostro turco, sul modo in cui ci aveva ingannate. Senza imbarazzo confrontavamo le nostre esperienze con lui, i dettagli più intimi.

Irene si affacciò alla finestra della cucina con una cipolla in mano e rise con noi di quella allegria. I due amanti clandestini si erano forse nascosti da qualche parte, ma noi in quel momento eravamo indifferenti alla loro passione, a ogni tragedia o felicità che ci attendevano.

Il modo in cui l'avevo giudicata nell'ultima settimana mi pareva puerile, e puerili mi sembravano i miei infiniti progetti di vita, quando il destino se la rideva di ogni nostra volontà e ci combinava scherzi come quello di Mehmet o come quello tragico di Nazim. L'unica vera saggezza era che chi si amava non doveva perdersi.

Ridiventammo serie al pensiero che stavamo per lasciarci.

"Giurami che se ti senti spersa qui, tornerai. Io ti posso aiutare, sai. Mi manchi," le dissi.

"Va bene. Te lo prometto. Se so che mi aspetti, non mi farà tanta paura l'idea di ritornare a casa."

15.

Negli ultimi giorni tutta la vacanza aveva preso il tono di quel finale sulla terrazza. Anche gli altri, influenzati dall'intesa che c'era tra noi, sembravano trasformati. Rafael si dimostrava più affettuoso con Isabella. Antos e Mina scherzavano e si prendevano in giro. La sera li udivo di nuovo amarsi; ogni tanto la voce di lui esplodeva in un rantolo di piacere che lei zittiva.

Facevo fotografie della casa, di Isabella e degli altri. Mia madre mi aveva raccomandato di riportarle qualche immagine della figlia lontana. Avevamo visitato con la barca di Antos tutte le calette dell'isola ed eravamo andati a ballare in piazza con i bambini. Rafael aveva fatto ballare anche Irene che si era rivelata più leggera e capace di tutti noi. La vera vacanza era iniziata troppo tardi.

La mattina della mia partenza, Isabella mi aveva detto che non mi avrebbe accompagnato alla nave. Non le piacevano gli addii e aveva promesso a Irene di aiutarla in una pulizia generale della casa. Fu Rafael ad accompagnarmi, con il furgone che serviva al trasporto della farina. Il mare era agitato e la barchetta era stata tirata in secco. Prevedevo un ritorno tempestoso come l'andata.

Sulla stradina bianca che attraversava l'isola, Rafael guidava in silenzio e anche io tacevo con un groppo alla gola. Ci eravamo abbracciate sulla porta di casa, in mezzo agli altri. I bambini saltavano e gridavano eccitati. Mina mi aveva regalato una collana e un bracciale di pietre celesti. Irene piangeva, all'ultimo momento mi aveva infilato nella valigia un vasetto di pomodori secchi sott'olio e un pezzo di feta puzzolente. Tutto era andato in modo precipitoso e c'era stato solo il tempo di un bacio e di una battuta.

“La prossima volta vengo io, dillo a mamma,” mi aveva detto velocemente.

“Guarda che ti aspetto. Ti aspetta anche Emiliano.”

Non le avevo lasciato una lettera, non le avevo detto altro, chissà quando l’avrei rivista.

Il furgone prese una buca. Il braccio di Rafael mi impedì di sbattere contro il vetro. Mi voltai verso di lui; i nostri sguardi si incrociarono.

“Grazie, è una strada veramente terribile.”

“Devi farla tornare,” mi disse all’improvviso.

Sorrise dolcemente.

“Parla sempre di te.”

Mi resi conto che stava aspettando quel momento dal giorno del mio arrivo.

“Noi stiamo per lasciarci. Volevo dirtelo prima, ma avevo paura di farle male, lei non voleva fartelo sapere.”

Rafael pronunciava le parole lentamente, cercava di parlare l’italiano senza errori. E forse, raccontandomi di lei e della loro situazione, gli pareva in qualche modo di tradirla.

“Non posso più vivere con Isabella. Mi ha salvato la vita, ma tutti hanno bisogno di lavorare, di vivere, di respirare! Hai visto com’è ora! Ha paura di tutto, di pensare al suo futuro, di prendere qualsiasi decisione. Dice che ce ne andremo da qui, ma non sa quando, non vuole parlarne. Ha paura di essere abbandonata, di non essere amata, di restare sola, si è attaccata a me come una bambina.”

Di chi stava parlando? Non era mia sorella la donna che mi descriveva.

“Isabella?” lo interruppi incredula. “Ma è la persona più autonoma e libera che conosco! A diciotto anni è andata via di casa e non è più tornata. Non ha mai chiesto soldi ai miei genitori, non ci ha mai chiesto niente. Da bambina, tu non lo sai, era indipendente in tutto, indistruttibile.”

“Lo so. Quando ci siamo incontrati in Cile, e dopo, in Olanda, era così. Mi ha salvato la vita, non solo fisicamente. Mi ha fatto sentire che non è possibile fuggire la felicità, anche se hai sofferto, se hai visto persone uccise e torturate. Mi ha dato di nuovo il piacere di fare l’amore, di mangiare, di arrabbiarmi, tu mi capisci?”

“Certo, la conosco bene,” gli dissi piena di astio.

Non mi piaceva come aveva parlato di lei. Usava il suo malessere, la sua fragilità, per giustificarsi, per giustificare il fatto che voleva lasciarla.

"Ma tu, invece, non hai saputo aiutarla allo stesso modo! Anzi... la tua storia con Mina, pensi che non se ne sia accorta, è molto intelligente, sai!"

Si accese una sigaretta e aspirò rabbiosamente una boccata.

"Comunque non ti devi giustificare con me. E poi penso che l'amore non dovrebbe essere legato a queste cose, a quanto uno sia forte e l'altra debole," lo rimproverai. Mi accorsi, dicendolo, che gli alti e bassi della mia vita con Marco dimostravano l'esatto contrario. Comunque non volevo che lui la vedesse in quel modo, come un intralcio alla sua libertà.

"Se non vuoi più stare con lei, sei libero di andartene. Isabella non è una bambina."

"E tu cosa hai fatto per lei! Quando sei arrivata, mi ha detto che andava via con te, poi ci ha ripensato."

Ci stavamo palleggiando le nostre colpe come due bambini. In fondo alla strada piena di curve e buche, si vedeva la nave ferma nel porto. D'un tratto pensai che dovevo tornare da lei, rimandare la partenza.

"Cosa le è successo? Come può essere cambiata in questo modo?" gli chiesi. Avevo poco tempo per capire, per decidere se fosse il caso di restare.

Rafael mi lanciò uno sguardo.

"È difficile vivere tanto tempo lontano, è difficile tornare. Io capisco quello che sente. Ha paura di fermarsi da qualche parte, di tornare a casa..."

Tacque un istante.

"Forse ha paura anche di te," sussurrò.

"Di me? Noi ci amiamo molto, sai! Come puoi pensare una cosa del genere?" gli dissi di nuovo piena di rabbia. Chi era lui? Cosa ne sapeva di me, di lei, della nostra vita? Rafael continuò a parlare senza voltarsi.

"Qui, prima del tuo arrivo, si è svegliata una notte, piangeva. Aveva sognato di morire e ti chiamava. È un sogno che fa spesso, da quando è andata a farsi leggere la mano da una maga di Amsterdam."

"Una maga?"

"Una nostra amica le aveva parlato di questa donna, le aveva detto che era molto brava, capiva tutto delle persone che andavano da lei e vedeva il loro futuro. Isabella l'aveva presa in giro, lei come me non crede a queste bugie. Poi, un giorno, senza dirmelo, ci è andata. Non dico che è stata quella donna a cambiarle la vita, ma da quel giorno sogna di morire e pensa che la sua vita non sarà lunga."

Rafael fermò il furgone accanto a una bancarella che vendeva dolci e giornali. Sulla banchina del porto c'era un viavai di persone in partenza con valigie, auto e pacchi; mi ero disabituata alla gente e ai rumori, mi accorsi di avere nostalgia della confusione della città, di Emiliano, di Marco, della mia casa. Ma forse dovevo tornare indietro, convincere mia sorella a venire con me, rimandare la partenza.

Nel furgone cominciava a fare un caldo insopportabile, dovevo decidermi, scendere o dirgli di tornare indietro.

"Cosa le ha detto esattamente quella donna ad Amsterdam?"

Mi indicò il palmo della sua mano.

"Qualcosa sulla linea della vita..."

In un lampo rividi il bosco di bambù, le sue mani alte sulla testa. Il sole ci passava attraverso e rendeva trasparenti le linee del palmo: "Non c'è l'inizio, vedi... e neanche la fine".

La voce di Rafael mi distrasse dal ricordo.

"Ha detto che la linea della sua vita è strana, separata in due parti, come tagliata."

"Cretinate!"

"Sono d'accordo, solo bugie per rubare soldi."

"Comunque avresti dovuto dirmi tutto questo un po' prima. Se avessi saputo che sarebbe rimasta sola, che non stavate più insieme, avrei cercato di convincerla a partire con me."

"È tua sorella, potevi chiederle. Ma se le scrivi una lettera, forse puoi convincerla."

"Grazie del consiglio."

Aprii la portiera con forza. Ero piena di rabbia contro di lui. Se ne lavava le mani, dopo che lei lo aveva aiutato e amato. Ma l'idea di ritornare, di rimandare la mia partenza, mi sembrava terribile. Mentre Rafael mi aiutava a scaricare i sacchi, cercavo argomenti che mi dissuadessero dal restare, mi aggrappavo a quello che lui mi aveva appena detto. Le avrei scritto, e comunque non avrebbe accettato di venire con me. In fondo non aveva colpa neanche Rafael. Isabella era una donna adulta e lui era libero di lasciarla. Anche Marco se ne era andato a vivere in un'altra città e io avevo dovuto affrontare la mia vita da sola con il bambino. Isabella doveva capire che non si è sempre liberi di fare quello che si vuole.

"Credi che servirebbe a qualcosa se tornassi indietro?" gli chiesi, augurandomi che mi rispondesse di no.

Lessi nel suo sguardo l'ironia.

"No, non credo. Però se vuoi ritardare la partenza, si può cambiare il biglietto. C'è un'altra nave tra due giorni."

Presi il sacco e la cesta con i regali di Emiliano.

"Ho il bambino che mi aspetta e poi le scriverò. Non c'è fretta."

Ci salutammo davanti alla nave. Eravamo circondati da gente che si abbracciava. Accanto a noi una ragazza era incollata a un uomo, non lo lasciava andare.

"Non ti preoccupare per Isabella, le scriverò. Parti se vuoi, non sei responsabile di lei, ha una famiglia e poi è capace di decidere della sua vita."

Dal ponte della nave vidi il furgone che si inerpicava sulla stradina verso il centro dell'isola e scompariva dietro una curva.

Durante la traversata il mare fu piatto e grigio come un lago. Le nuvole basse ci accompagnarono per tutto il viaggio, ma il temporale non scoppiò.

Nella cuccetta, prima di addormentarmi, scrissi a Isabella per indurla a tornare. L'avrei aiutata a trovare una casa, un lavoro. Insieme avremmo affrontato la vita, ci saremmo aiutate. Quella vacanza mi aveva fatto capire quanto era importante per me la sua vicinanza. Quante belle parole le scrivevo in quella lettera! Oggi mi sembrano così vere, profetiche. Allora, invece, le scrivevo perché mi sentivo in colpa.

La nave si allontanava dalla Grecia, e mia sorella si staccava a poco a poco da me, diventava remota. L'idea di rivedere Emiliano e Marco mi rendeva felice, i loro volti erano sempre più presenti, come non vi fosse una conciliazione possibile tra la mia vita con loro e quella con lei.

Guardavo le fotografie che avevo fatto sviluppare nell'isola, cercavo di fermare i ricordi di quella vacanza. Ne scelsi una da mettere in cornice. Isabella era affacciata alla terrazza della casa, sembrava un uccello marino sullo sperone di una roccia, davanti alla distesa di un mare che può sorvolare senza difficoltà. Prima di addormentarmi, mi dissi che lei era molto più forte e agguerrita di me, che non poteva succederle nulla.

All'attracco vidi Emiliano in braccio a Marco. Scrutavano in alto, verso il ponte della nave, alla ricerca del mio volto tra la folla dei viaggiatori.

16.

Il cappotto di Mehmet fece avanti e indietro dall'armadio dei vestiti fuori stagione a quello corrente almeno quattro o cinque volte, prima che mi decidessi a lasciarlo definitivamente tra gli abiti che non usavo più ma che tenevo per ricordo. Ogni inverno mi chiedevo se fosse il caso di tirarlo giù, toglierlo dal sacchetto di plastica, appenderlo fuori dalla finestra insieme alle giacche e ai cappotti di Marco per fare evaporare l'odore di naftalina. Se Mehmet fosse tornato all'improvviso, avrei comunque fatto in tempo a salire su una scala e a darglielo. Credo che il primo anno cominciai a metterlo tra i nostri cappotti per una pura ragione scaramantica. Chissà perché mi ero convinta che l'intesa ritrovata con Marco fosse benedetta da Mehmet e dal suo cappotto.

In quei nuovi anni il destino, il fato, le carte, I-King, la lettura della mano, le sedute spiritiche, erano tornati di moda. Anche in quel caso, l'esperienza olandese di mia sorella aveva precorso i tempi. Il futuro non ci appariva più sicuro, ci rendevamo conto all'improvviso che la nostra volontà non aveva potuto plasmare il presente. Dovevano essere dei dati sulla realtà, delle conoscenze misteriose che ci erano sfuggite; più erano nebulose, incerte, irrazionali, più ci sembravano significative. Se ce lo avessero detto qualche anno prima, non ci avremmo creduto. Ripensare increduli al proprio passato divenne una costante di quegli anni.

Il cappotto del turco era diventato una leggenda anche per Emiliano. Ne aveva parlato ai suoi compagni di scuola, dipingendo il nostro eroe in molti modi. Soldato, pirata, ladro, spadaccino. Solo la versione rivoluzionaria non era stata presa in considerazione, perché Emiliano non sospettava esistesse quel mestiere nella vita. Gli avevamo taciuto tutto quello che era avvenuto prima e dopo la sua nascita: la politica, la giovinezza di Marco, la nostra vita nel quartiere in cui era nato, e in cui andavo ancora talvolta a comprare della carta per foderare i libri, che si trovava solo in una cartoleria all'angolo della nostra vecchia casa. Le sue invenzioni sul proprietario del cappotto sarebbero piaciute a Mehmet. In fondo erano le stesse menzogne che aveva raccontato a me e a mia sorella. Forse, nel periodo in cui Mehmet aveva abitato con noi e gli aveva fatto da padre, gli si erano formati il carattere e la fantasia. Di quel periodo non ricordava quasi nulla. Io non ne parlavo, come di tutto il resto, anche per non rinnovare vecchie gelosie e rancori.

Emiliano inventava giochi avventurosi e godeva ogni istante della sua vita. Non rassomigliava né a me né a Marco. Sembrava proteggerci. Proteggeva il padre dalle difficoltà di ogni giorno e il nostro amore che intuiva fragile. Quando Marco tornava a casa era il bambino a chiedergli come fosse andata la giornata. E si metteva a giocare nella sua stanza a bassa voce per non disturbarlo. Certe volte, il pomeriggio della domenica, ci accompagnava in camera nostra dove riposavamo e chiudeva la porta piano piano, guardandoci un'ultima volta, orgoglioso come un genitore che mette a letto i suoi bambini.

"Emiliano vive nell'angoscia che io mi ammali. Perché mi vede così debole?" mi sussurrava Marco nella semioscurità della stanza.

"Ma figurati! Sa quanto lavori e ti vuole bene," gli rispondevo, eludendo la domanda. Neanche io capivo bene perché fosse così protettivo col padre.

Le furie improvvise di Marco nei miei confronti erano scomparse. La sera, prima di addormentarci, mi stringeva a sé e mi accarezzava. Sentivo, come forse succedeva a Emiliano, quanto fosse dipendente dalla costanza del mio amore. Aveva ripreso peso, e sulle tempie si erano formati dei vuoti che lui non copriva. Anzi ci scherzava e si faceva tagliare i capelli corti come non li aveva mai portati.

"Odio quelli che si lasciano crescere i capelli per compensare la calvizie che avanza," diceva, pettinandosi senza cura davanti allo specchio. Evitava di guardarsi troppo a lungo e si vestiva rapidamente, casualmente. Eravamo andati a comprare delle giacche e delle cravatte per il suo nuovo lavoro in banca. Mentre sceglievo i colori, mi osservava con un sorriso furbo, pareva dirmi: "Ce l'hai fatta, eh?". Durante le prove era stato paziente e aveva anche finto interesse per compiacere me e il commesso.

Lo avevano assunto nell'ufficio studi della banca, dopo un rapido colloquio con il capo del personale, un vecchio amico del padre che aveva evitato di guardare la lista dei carichi pendenti sulla fedina penale: occupazione di case, vilipendio, associazione sovversiva. Ogni tanto veniva convocato come testimone o imputato minore in qualche processo.

Tramite Mimì io avevo trovato lavoro in uno studio di ricerche privato. Ci eravamo incontrati dopo tanto tempo in un ristorante. Si era alzato per salutarmi ed era arrossito davanti allo sguardo indagatore di Marco. Mi aveva presentato la sua fidanzata, una ragazza bionda di vent'anni che pendeva dalle sue labbra. L'incontro mi era costato un lungo interrogatorio notturno. Marco aveva voluto sapere tutto e non mi aveva risparmiato la sua ironia e il suo disprezzo per la storia con il mio giovane amante. In seguito, durante la notte, ci eravamo amati più volte con la furia che era sparita dalla nostra vita.

Mimì mi aveva richiamato una mattina, parlava piano, come un cospiratore. Mi aveva chiesto se Marco era in casa. Ci eravamo dati appuntamento al solito bar accanto alla biblioteca. Forse avrebbe voluto riallacciare una storia anche più interessante perché clandestina, ma non gliene avevo dato il tempo.

"Aspetto un altro bambino, così credo che non potrò cercarmi un lavoro per il momento," gli avevo dichiarato.

"Ti presento al mio capo. A lui non interessa se aspetti un bambino o altro. Il lavoro te lo puoi anche portare a casa, se vuoi. Basta che lo consegni in tempo, cioè qualche secondo dopo che te lo hanno commissionato."

"Cosa dovrei fare?"

"Lavoriamo tutti al glorioso piano di sviluppo della Puglia e del Molise. Ogni anno le regioni devono presentare un piano per ottenere i fondi dallo stato. La regione lo commissiona al mio capo che poi lo divide tra i suoi schiavi."

Presi a lavorare anche io al futuro del Molise. Raccoglievo i dati regionali dell'ISTAT e delle camere di commercio. Sommavo, dividevo, calcolavo medie, incrementi. Costruivo grafici e cercavo poi qualche conclusione per il commento, l'unica parte del piano che gli amministratori avrebbero consultato e citato nei loro discorsi. Per facilitare la stesura dei commenti alle tabelle, Mimì aveva redatto un vocabolario di termini, sinonimi economici e frasi fatte. Si ricorreva al vocabolario quando le tabelle non indicavano nessun andamento chiaro e bisognava comunque inventarsi qualcosa, o per sostituire parole come "crescita", "media", "decremento", che ricorrevano troppe volte nel testo. Il nostro capo odiava le ripetizioni e le sottolineava con la matita rossa, come a scuola.

Marco diceva che il mio lavoro serviva agli amministratori regionali per intascare i fondi dello stato e il suo, all'ufficio studi, all'amministratore delegato per finire di costruire la sua villa al mare. Ogni anno l'ufficio studi in cui lavorava presentava un rapporto annuale, scopiazzato dalla relazione della Banca d'Italia, chiamato in altro modo "pappone" da Marco e dai suoi colleghi. Quando il suo "pappone" e il mio piano di sviluppo erano vicini alla consegna, in casa litigavamo per niente.

Le domeniche a pranzo ci dividevamo tra i miei genitori, in campagna, e i suoi che non avevano mai smesso di considerarlo, malgrado la parentesi politica, il figlio più amato e capace. La sorellina con le treccine era diventata avvocato, guadagnava il doppio del fratello, ma ai loro occhi non era degna della stessa considerazione. Durante questi pranzi familiari, prima di tornare a casa e di essere rinchiusi da Emiliano nella nostra camera da letto, Marco leggeva il giornale, taceva annoiato. Guardava spesso l'orologio e scambiava poche parole solo con mia madre. Con lei si concedeva qualche risata. Le cure dei suoi genitori lo indisponevano. Quando eravamo di nuovo soli nella nostra stanza, parlavamo dei colleghi di lavoro, delle loro mogli, del nostro lavoro. Marco aveva ripreso a leggere romanzi. Nella nostra libreria i volumi di politica, storia, economia, erano ancora i più numerosi, ma il numero dei romanzi ora cresceva rapidamente.

La psicologia, l'inconscio, erano in grande ascesa, come la cartomanzia. Se ne discuteva alle cene con i nostri nuovi amici, colleghi di lavoro di Marco e miei. I nostri sentimenti, disprezzati e ignorati negli anni precedenti, erano diventati materia di discorso salottiero e galante. Durante queste cene mi capitava di conoscere uomini sposati, reduci da esperienze simili alle nostre, con i quali scambiavo opinioni sui libri appena letti, sui film, sui viaggi da fare. Non sapevano che aspettavo un bambino – non si vedeva ancora – e mi facevano la corte come non mi era mai capitato. Nessuno di loro voleva impegnarsi in una storia seria. Avrebbero magari voluto passeggiare clandestinamente in un parco, cenare in un ristorante in una serata estiva, e infine portarmi in una casa prestata da amici. Si imbastivano di nuovo tradimenti coniugali, come nelle migliori tradizioni familiari di una volta. Ero molto desiderata. La nuova gravidanza, e il bambino che già avevo, mi mettevano in una condizione di superiorità rispetto alle altre donne. Loro si erano gettate prima nella politica e poi con la stessa furia nel lavoro. Ai loro mariti io sembravo più rassicurante e matura, con un candore femminile dovuto alla frequentazione di parchi e giochi infantili. Usavo questi miei poteri su tutti quelli che mi interessavano, senza mai decidermi per nessuno. Mi parevano dei bambini in cerca di emozioni nuove. Ma il loro desiderio mi eccitava, come ai tempi della scuola, quando con mia sorella facevamo soffrire i nostri spasimanti.

In queste serate Marco soffriva e taceva, mi osservava da lontano. La notte litigavamo. Mi tormentava per sapere se uno di loro mi avesse fatto una proposta, se l'avessi tradito, se fossi innamorata di qualcuno. Allora io gli rimproveravo il passato, il suo abbandono, la fatica e la segregazione con il bambino piccolo, la nuova gravidanza. Lui ammutoliva, battuto dalle mie ragioni, dai miei rimproveri, come era stato battuto dal terrorismo. Lo abbracciavo e ci amavamo pieni di risentimento reciproco.

Perché ero così dura con lui? Ogni sera mi ripromettevo di essere dolce. La nostra era diventata una famiglia normale. L'avevo desiderato a lungo. Quante volte gli avevo rimproverato negli anni passati di non interessarsi alle cose piccole della vita. Lui tornava a casa contento, si versava del vino prima di cenare, apparecchiava la tavola e voleva chiacchierare come un marito normale. Proprio in quei momenti sentivo crescere un nervosismo che si trasformava, col progredire della serata, in una furia. Cercavo solo una buona occasione per esplodere. Questa furia era inevitabile, mi sovrastava come una pazzia improvvisa. Non avevo nessuno strumento logico per dominarla. E dopo l'esplosione, puntualmente, sentivo compassione del suo silenzio e lo amavo. Era diventato l'uomo che volevo troppo tardi. Avvenimenti indipendenti dalla sua volontà avevano causato la nostra riconciliazione. Era tornato, mi amava, perché era stata la cosa più giusta da fare, la più sensata dopo tutto quello che era accaduto. Non potevo perdonarglielo. Mi accorgevo di rimpiangere il suo assolutismo di una volta. La dedizione alle sue idee mi pareva una virtù superiore. Rimpiangevo la nostra vecchia casa, le litigate, il suo odio per le mie piccole virtù borghesi, il suo amore duro per me.

Marco era geloso dei miei possibili tradimenti presenti, io del suo passato. Trascorrevo intere serate a interrogarlo. La sua vita a Napoli mi appariva avventurosa, precaria. Immaginavo le giornate con quella ragazza di cui non parlava. Uscivano insieme all'alba, andavano davanti alla fabbrica, prendevano il caffè in un bar, distribuivano volantini, parlavano con la gente, si riunivano, scrivevano documenti, la sera cenavano tutti insieme e quando si infilavano nel loro letto non rifatto, facevano l'amore e si addormentavano senza parlare. La politica li aveva salvati dalle discussioni in cui ora affogavamo senza capire perché. Così immaginavo la sua vita senza di me, e mi pareva invidiabile. Non avevo potuto condividerla, perché lui mi aveva escluso. Lo incolpavo di ogni cosa, dimenticando che mi aveva chiesto di seguirlo, che ero stata io a volermi separare da lui.

Un mese dopo il mio ritorno da Astipalea, era arrivata la risposta di Isabella alla mia lettera. Un'altra delle sue cartoline: due gattini, uno bianco e l'altro nero, si rotolavano per gioco su una terrazza davanti al mare greco. Mi chiedeva come stavo, cosa facevo, di scriverle ancora. Solo alla fine della cartolina, prima dei saluti, Isabella arrivava al punto.

"Tornerò in Italia quando mi sarà chiaro cosa voglio fare da grande!"

Alludeva alle nostre discussioni sull'isola, alle mie preoccupazioni sul suo futuro, prendeva in giro il tono accorato della lettera che le avevo scritto sulla nave. Misi la cartolina insieme alle altre. Le conservavo in una scatola, con i rispettivi francobolli, per regalarle a Emiliano quando sarebbe cresciuto.

Dopo qualche tempo le avevo scritto un'altra lettera. Ero più distaccata, le davo consigli generici, le raccontavo le mie giornate, il lavoro, il bambino, la vita con Marco, tacendo le nostre difficoltà. In risposta arrivarono altre cartoline di paesaggi, barche, pescatori. Così smisi di scriverle. Ci sentivamo qualche volta al telefono. Mia madre mi dava sue notizie.

Il cuore di mio padre si era ammalato e Isabella li chiamava più spesso di prima. Mio padre malato era diventato sentimentale. Quando andavamo da loro la domenica, voleva che gli raccontassi di me, della mia vita. Mi prendeva la mano e gli veniva da piangere appena si nominava Isabella. Cercavo di essere gentile, ma quel ripensamento finale mi dava fastidio. Non si era mai curato di noi se non per darci lezioni di morale. Una morale che lui non aveva applicato nella sua vita. Ora si pentiva di tutto.

"Ho fatto soffrire tua madre e anche voi, lo so. Credi che Isabella tornerà se muoio?" mi chiedeva con le lacrime agli occhi.

Mi faceva pena e rabbia insieme.

"Perché dovresti morire?" gli dicevo, allontanando la mia mano dalla sua.

"Ti ricordi le chiacchierate che facevamo quando vi accompagnavo a scuola la mattina? Vi raccontavo tante cose e Isabella era così contenta! Ti ricordi?"

Fantasticava su avvenimenti mai accaduti. Favoleggiava sul rapporto idilliaco che aveva avuto con noi. Aveva dimenticato i tradimenti, le assenze, le furie immotivate, la sua indifferenza. Non ero sicura si accorgesse neanche del mio fastidio, del mio imbarazzo davanti alle sue farneticazioni. Vagheggiava di un mondo solo suo. Mia madre lo assecondava; io non ci riuscivo.

Una sera mia madre mi telefonò di andare subito. Aveva avuto un altro attacco, era stato chiamato il medico.

Da sola nel salotto aspettavo che il medico finisse di visitarlo. I mobili, i divani, erano quelli della nostra vecchia casa, un arredamento anni cinquanta che stonava con quella casa di campagna senza pretese. Sul pianoforte a coda, che nessuno aveva mai suonato, mia madre aveva costruito un altare di fotografie. In fondo, nascosta dalle altre, il loro matrimonio, poi noi bambine in vacanza al mare, in montagna, il giorno della prima comunione, infine Marco e io sorridenti con Emiliano in braccio. In un angolo del pianoforte, un po' isolata dalle altre, c'era una delle fotografie che avevo fatto a Isabella ad Astipalea. Se mio padre fosse morto, pensai, lei forse sarebbe tornata. All'improvviso mi tornò in mente il racconto di Rafael, prima della mia partenza dall'isola. Quella stupida storia di lettura della mano. L'avevo scacciata dalla testa per tutto quel tempo, come avevo cancellato la mia paura di allora, la disperazione interiore che avevo intravisto nel cuore di mia sorella per la prima volta. Aspettando il verdetto sulla vita di mio padre, mi chiedevo come mi era stato possibile disinteressarmi al suo destino.

Sono una cercatrice di pepite d'oro, colleziono frammenti preziosi, intersezioni della mia vita con la sua, pensieri su di lei, emozioni improvvise che interrompevano mesi di silenzio del mio cuore, anni di assenza. Dilato il tempo per non arrivare all'epilogo di cui non so darmi pace. Mi chiedo se nel posto in cui sta ora possa fare anche lei la stessa cosa, meglio di me. Vedere la sua storia, la mia, quella dei nostri anni insieme, con il sorriso enigmatico di un buddha in estasi, oppure non trovare pace come me per la nostra lontananza. Questa lontananza è così diversa da tutte le altre. Lei era da qualche parte. Percepivo in me la sua esistenza altrove. L'idea che ci fosse un posto fortunato dove apriva gli occhi ogni giorno, qualcun altro a cui riempiva la vita con la sua presenza incantata, mi procurava gioie improvvise, nostalgie struggenti. Ho provato a pensarla in viaggio anche oggi. Ma non ritrovo nel mondo tracce della sua esistenza. Il pianeta mi appare spento come il mio cuore.

Mio padre riuscì a vivere ancora un mese. Mia madre e io ci alternavamo accanto a lui. Avevamo inviato un telegramma a Isabella, all'indirizzo di Astipalea, ma era rimasto senza risposta. Più volte avevo provato a telefonare al numero del bar del porto. Mi rispondeva la solita voce del proprietario. Ogni volta mi assicurava di avere recapitato il messaggio alla ragazza italiana che viveva con Antos e Mina. Ma Isabella non aveva richiamato.

In quel mese mio padre si era trasformato, aveva acquisito la coscienza di morire, anche se non ne parlava. Il suo volto magro rassomigliava a quello di quando era ragazzo e lavorava alla diga di Diyarbakir. Era stata mia madre a farmelo notare, mostrandomi una fotografia di loro due, insieme a sua sorella e a Nazim. Mio padre era bello e sognante in quella fotografia. Ora aveva pochi capelli, ma lo sguardo era simile a quello di allora. Con mia madre passava lunghe giornate a chiacchierare. Qualche volta arrivando li udivo ridere. Quando entravo nella stanza, ridiventavano seri, come due bambini sorpresi nel gioco. Forse enumeravano ricordi, o semplicemente si lasciavano andare all'allegria incosciente di chi non ha più nulla da perdere. Sembravano tornati alle sere della mia infanzia, quando uscivano con la Giulietta pervinca e con mia sorella li guardavamo dalla finestra della nostra stanza. Mia madre portava il foulard e gli occhiali bianchi; lui si abbottonava il cappotto di cammello e faceva il gesto di lisciarsi i capelli all'indietro, prima di mettere in moto. Ci facevano un segno allegro imboccando il viale di uscita. La presenza della morte ridava loro la leggerezza e la superficialità del mondo in cui si erano amati. Mi chiedevo se i matrimoni non fossero tutti così nel finale, sciocchi e teneri come l'amore tra gli adolescenti. Forse bastava tenere duro nel centro della vita. Chissà cosa ne avrebbe detto Isabella.

Ma non avevo sue notizie. Era la prima volta che non richiamava. Sapeva della malattia di mio padre e nel telegramma avevo sottolineato il peggioramento. Certi giorni ero molto preoccupata per il suo silenzio. Discutevo con Marco se fosse il caso di prendere un aereo per Atene e andarla a cercare. Ma poi non se ne faceva niente. Mio padre stava peggio e non me la sentivo di lasciarlo. Dormiva molte ore della giornata e la notte stava sveglio, voleva una luce sempre accesa e mia madre accanto. Elaborava, pensava, qualche volta esternava quei pensieri a voce alta. Faticavamo a capire il senso delle parole e lui si innervosiva perché quei concetti erano per lui evidenti, chiarissimi.

"Ti voglio bene, chissà perché," diceva a mia madre.

"Sono tua moglie, Angelo."

E lui sbatteva le mani sul lenzuolo, esasperato, come se lei non avesse capito nulla o lui avesse proferito molto di più di quella piccola, semplice frase.

"Mi fa male qui quando ti vedo," balbettava di nuovo, indicando il petto e lasciando ricadere la mano sul lenzuolo.

Mia madre gli sorrideva e gli prendeva la mano tra le sue.

"È bello che ci vogliamo ancora bene dopo tanti anni, no?"

Guardava la sua mano tra quelle di lei come fosse la mano di un altro uomo. Era l'ultima parte del suo corpo da cui si distaccava. Aveva rinunciato alle gambe scheletriche, al ventre gonfio, alle braccia senza più carne. Le mani erano l'unica parte del suo corpo ancora guardabile, e le abbandonava dentro quelle di mia madre.

"Sì, è bello, ma fa male," diceva alla fine in un soffio.

Eravamo stupite di quell'intelligenza sottile, molto elaborata che gli era sopravvenuta con la malattia. Non chiedeva più di Isabella. Forse rifletteva solo sulle persone che scorgeva accanto a sé tra un risveglio e l'altro.

Una sera mi indicò la sua fotografia, la stessa che stava sul pianoforte. Mia madre l'aveva spostata sul suo comodino, accanto alle nostre.

"L'abbiamo chiamata, papà, vedrai che arriva."

Fece segno di no con la mano.

"Perché no?" gli chiesi.

Esitò a lungo. Guardava il soffitto come vi scorressero sopra delle immagini.

"È incosciente come tua zia."

"Ma non si deve essere così! Bisogna saper affrontare quello che ci capita, come si fa altrimenti?" gli chiesi con una improvvisa disperazione nella voce.

La questione riguardava anche me. Dimenticando che stavo parlando a un morente, chiedevo qualcosa a mio padre. Per la prima volta nella mia vita volevo avere un padre a cui chiedere, volevo essere nei suoi pensieri. Ma lui non mi guardava, continuava a fissare il soffitto. Parlai tra le lacrime, senza vergogna, ad alta voce.

"A tutti piacerebbe vivere senza carichi, senza responsabilità. Solo per se stessi. E invece non si può!"

Continuava a non guardarmi, come non mi avesse udito. Presi il suo fazzoletto e mi asciugai gli occhi. Lui mormorò qualcosa a se stesso più che a me.

"Viaggiare in un paese musulmano, una coppia mista, non sposata, una pazzia. L'ho detto a Nazim la sera prima, ma non ascoltava. Non so, non si sa mai, quanto succeda per disgrazia e quanto la disgrazia sia volontà. La furia della giovinezza. Si muore per non morire tutti i giorni."

Questa conversazione, avvenuta pochi giorni prima della sua morte, mi è tornata alla memoria solo ora. Quella volta ero troppo rabbiosa per capire. Ce l'avevo con lui, con Isabella. Le parole di mio padre, l'assenza di mia sorella, mi parevano simboleggiare la mia condanna. Esserci sempre. La mia presenza era diventata invisibile anche per mio padre. In punto di morte correva con l'immaginazione dietro mia sorella. Non l'aveva mai capita, si erano insultati, l'aveva disprezzata, e si era preoccupato per il suo futuro. Ma i suoi ultimi pensieri andavano a lei. Pensai alla parabola di Marta e Maria. Non ricordavo quale delle due, Marta o Maria, fosse quella che si occupava di tutto. L'altra, la prediletta di Gesù, parlava con lui senza badare a nulla, godeva del regalo della sua presenza. E lui aveva apprezzato solo quella virtù.

Mio padre morì e io mi occupai di tutte le questioni pratiche. Finalmente, il giorno dopo il funerale, arrivò la telefonata di Isabella. Era stata fuori dall'isola per un mese. Antos non aveva avuto modo di avvisarla né di avvisare noi della sua assenza. Ci comunicò la data del charter che l'avrebbe riportata in Italia.

"Torna! Sono così felice! Tra due settimane! Non vedo l'ora! Poverina, non può venire subito, prima deve sistemare le sue cose là."

"Poverina!" Mi dava i nervi anche mia madre. Di cosa si doveva occupare di tanto importante? Preparare una valigia e qualche sacco.

Marco accolse la notizia in modo analogo.

"Sono molto contento, sai, ho tante cose da raccontarle. Credo che lei mi capirà."

Litigammo tutta la notte. Mi vergognavo di dirgli la vera ragione della mia rabbia. Litigammo sulle solite questioni, ma quella volta, alla fine della litigata, scoppiai a piangere. Lui mi consolò generosamente, senza capire la ragione del mio pianto.

Mi arresi alla gioia collettiva per il trionfale ritorno di mia sorella quando vidi il disegno che Emiliano aveva preparato per l'arrivo della zia sconosciuta: una barca rossa e verde galleggiava in un mare blu notte; il mare era sorvolato da miriadi di rondini disegnate a forma di "v", al modo dei bambini. Nella barca, una donna con i capelli rossi e un corsaro con l'occhio bendato e con indosso il cappotto di Mehmet si tenevano per mano sorridenti.

17.

Mia sorella era dunque diventata una leggenda, come Mehmet. Non per me. Io ne conoscevo la precarietà, dietro la scorza di sicurezze. Il dialogo con Rafael, la nostra vacanza insieme, mi avevano rivelato il lato fragile di una personalità che anche io come gli altri avevo creduto invincibile.

Andammo a prenderla tutti insieme. Guardavamo tesi dietro il vetro dell'aeroporto. Emiliano correva da uno all'altro, trascinava come una frusta il mazzo di mimose e anemoni comprato da Marco. Il ritorno di Isabella, dopo anni di lontananza, avrebbe forse mutato le nostre vite. Lo pensavamo tutti, chissà perché. Mia madre avrebbe trovato qualcuno con cui condividere la solitudine, la tranquillità degli anni da vivere senza mio padre. Tornava la figlia girovaga, non ancora sposata, libera come era stata la sorella che il destino le aveva tolto troppo presto. Aveva trasformato lo studio di mio padre in una camera bianca, con il letto singolo di legno, la scrivania di Isabella, i suoi libri, gli oggetti di quando era ragazza. Sulla scrivania aveva messo in cornice le sue due bambine imbronciate, mai cresciute, con il papà e la mamma felici e contenti.

"Toglierei la fotografia," le avevo detto, ammirando la cura con cui aveva allestito la stanza ignorando il tempo passato, la lontananza, la morte. Mi chiesi se a suo tempo avrei fatto la stessa cosa con Emiliano.

"Perché, non ti piace?"

Scrutava la fotografia come se, all'interno del quadretto familiare, le fosse sfuggito qualcosa di spiacevole.

"Isabella se ne è andata a diciotto anni, ora ne ha venticinque, forse questa fotografia è un po' anacronistica."

Ci aveva pensato su.

"Hai ragione, forse le darebbe i nervi. Ne metto una di Emiliano. Le fotografie di bambini sono le uniche che mi piacciono."

Mi sentivo felice all'idea che mia sorella avrebbe condiviso con me la nuova gravidanza. Saremmo andate a pranzo insieme, avremmo portato Emiliano nei parchi e con lei avrei finalmente potuto parlare di Marco, dell'ansia che mi procurava l'idea di mettere al mondo un altro bambino in un matrimonio in cui la passione si accendeva solo sui ricordi. Fantasticavo sul modo in cui sarebbe riapparsa quella volta. Non aveva mai deluso le aspettative. Perché aveva deciso di tornare? Non poteva essere solo la morte di nostro padre. In quel caso sarebbe venuta per un periodo breve. Invece aveva specificato che tornava per restare. Sapeva dunque finalmente cosa voleva fare da grande. Mentre l'aspettavo, sentii all'improvviso che dietro la decisione di ritornare si celava un avvenimento nuovo.

Quando apparve da lontano, nascosta dalle persone che le camminavano accanto, mi sembrò completamente trasformata. Fissavo il suo volto che diventava a mano a mano più nitido. Ci cercava con gli occhi e si illuminò vedendoci, agitò da lontano il braccio carico di sporte e di sacchi. Sì, era cambiata. Il viso non era più affilato ma rotondo come non l'aveva mai avuto, neanche da bambina. Camminava dondolandosi, come succedeva a me in quel periodo per l'aumento di peso. Pensai fosse per il carico dei sacchi. Poi abbassai lo sguardo sul suo corpo coperto da una larga camicia bianca che le arrivava fino alle ginocchia. Le lunghe collane colorate di Mina sobbalzavano sul ventre appena ingrossato. Un attimo prima di riabbracciarla, tutti realizzammo che aspettava un bambino. Si fermò a pochi passi da noi e ci guardò.

"Eccoci qui. Spero ci accoglierete con entusiasmo."

Mia madre le andò incontro e l'abbracciò stretta fino quasi a soffocarla. Piangeva a singhiozzi.

"Mamma, sono ancora viva, non piangere!" scherzò. "Questo bambino con i fiori deve essere il figlio di quella tua amica, Maria, me ne hai tanto parlato! Che carino a venirmi a prendere, non mi conosce neanche."

"Sono il figlio di Maria," rispose Emiliano inquieto.

"Ah, allora io sarei tua zia, credo. I fiori sono per me?"

Emiliano le tese i fiori, lei li prese e gli inviò un bacio da lontano.

"Grazie. Fai bene a mantenere le distanze, con le persone di famiglia non si sa mai, gli dai un bacio e ne chiedono altri dieci."

Abbracciò me e Marco con un'espansività eccessiva, come per compensare il nostro imbarazzo. Eravamo troppo stupiti per riuscire a nasconderlo.

"Sono al quinto mese, Maria, come te, se mamma mi ha riferito bene," mi disse alla fine con aria strafottente, come fosse l'affermazione più naturale del mondo.

Sia in auto che a casa di mia madre, non diede modo a nessuno di porre la fatidica domanda. Parlava lei per non subire domande. Chiese a mia madre degli ultimi giorni di papà; a me e a Marco della nostra vita, del lavoro.

Con Marco fece una passeggiata nel giardino bagnato di pioggia. Mentre aiutavo la cameriera a preparare il pranzo, li guardavo dalla finestra della cucina. Chiacchieravano e ridevano. Emiliano le camminava accanto, le tendeva sassetti, fili d'erba e foglie che lei infilava nelle tasche con la stessa naturalezza di quando era bambina. Sarebbero andati d'accordo, erano due raccoglitori di tesori. Mi sentivo ostile, ma non c'era altra ragione se non il fatto che Isabella mi aveva spiazzato un'altra volta. Al di là della curiosità di sapere chi fosse il padre del bambino, mi pareva incredibile che lei avesse deciso di diventare madre. Non riuscivo ad associare la maternità alla vita di mia sorella.

"Come si chiama il papà del bambino?" mi chiese mia madre all'improvviso. La guardai interrogativa. Sollevò lo sguardo rapidamente verso la donna che tagliava il pane.

"Rafael," mi uscì senza pensarci.

"Già, Rafael, che stupida! Il giornalista cileno. Allora bisognerà aiutarli a trovare una casa."

La fissai ammutolita dalla prontezza con cui aveva salvato la faccia con la donna di servizio. Ma forse era lei che cercava una risposta plausibile per chiudere l'argomento, almeno per il momento.

La giornata del suo arrivo, i giorni seguenti, se ne andarono senza che io e mia sorella riuscissimo a stare sole per più di dieci minuti. Mia madre la voleva sempre con sé. La portò a comprarsi vestiti e scarpe. Nelle sue valigie, diceva, c'erano solo stracci. Passavano le serate a chiacchierare e a guardare la televisione. Andarono insieme alla tomba di mio padre. Si era creata tra loro una strana complicità. Mi chiedevo se Isabella le avesse raccontato qualcosa di sé, del bambino, di Rafael. Un pomeriggio ci aveva lasciate sole per qualche istante.

"Dov'è Rafael, vi siete lasciati?" le avevo chiesto.

"Se ne è andato poco tempo dopo la tua partenza. Non stavamo più insieme, lo sai."

Mi fissò un attimo e io mi vergognai di non averle detto che lo sapevo.

"Ora è a Parigi. Ci scriviamo, lo andrò a trovare."

"È suo il bambino?" le avevo chiesto senza guardarla.

"No."

Tacque. I nostri sguardi si incrociarono per un attimo e lei proseguì. Percepivo nelle parole, nell'espressione del viso, quella pena nuova che avevo scoperto in lei ad Astipalea. Mia sorella riusciva a nasconderla a tutti tranne che a me.

"Non ci siamo mai nascoste niente, Maria. Almeno fino a un certo punto. Dopo hai avuto paura di interrogarmi e forse io di interrogare te. Non so perché. Questo bambino mi è capitato di aspettarlo, succede. Subito ho pensato che mi avrebbe aiutato, che non era capitato proprio per caso. Poi mi sono anche odiata per questo pensiero. I genitori dovrebbero aiutare i bambini a crescere e non il contrario. Ma non ce l'ho fatta a lasciarlo andare via. Mamma dice che è contenta perché mi vede meno precaria. Ma forse anche questa è una bugia. È un'idea romantica, come la mia decisione di tenerlo. Eppure non posso farne a meno. Mi sento così cambiata, Maria."

Avrei voluto abbracciarla, ma mia madre era entrata nella stanza e ci guardava.

"Comunque cresceranno insieme. Marco lo ha già adottato, si ritrova due mogli incinte, pensa che fortuna!" le sussurrai e la feci sorridere.

Una sera Marco la invitò a cena insieme al gruppetto di colleghi di lavoro con cui ci vedevamo spesso. Mi disse che per la serata avrebbe organizzato una sorpresa in suo onore. Ero sommersa di lavoro, dovevo consegnare la mia parte del piano in pochi giorni. Marco si offrì di andare a fare la spesa. Comprò il pesce che a Isabella piaceva molto e lo cucinò lui stesso. Dal soggiorno dove lavoravo, lo vedevo passare fischiettando; trasportava buste della spesa, bottiglie di vino, fiori. Emiliano lo aiutava tutto contento. Mentre cercavo inutilmente di applicarmi alle tabelle, udivo i rumori delle pentole, dei piatti, le loro voci allegre. Mi tornò in mente quando da ragazzi ci preparavamo le nostre cenette improvvisate, pescando nel frigorifero vuoto della mia casa.

Avevo riferito a Marco la conversazione con Isabella. La sua reazione mi aveva sorpreso.

"Quando aspettavi Emiliano non eri nella stessa situazione? Me lo hai rimproverato tante volte. Sono le donne che decidono di avere un bambino. Quanto contavo io per te, per Emiliano?"

"Tanto. Anche quando eri fuori, lui e io sapevamo che saresti tornato."

Mi guardava perplesso, non credeva alle mie parole.

"Tua sorella mi fa tenerezza. Capisco così bene come si sente. Ha visto tanti posti, è stata capace di vivere per conto suo. E ora si sente fragile di fronte a noi. Come si fosse svegliata all'improvviso e si vergognasse di raccontarci il suo sogno. Eravamo così diversi, eppure ora ci rassomigliamo."

"Forse bisognerebbe avere il coraggio di parlarne. Hai notato che anche tra i nostri amici nessuno racconta nulla di sé. E poi si scopre che non ci siamo incontrati prima per puro caso, che facevamo tutti politica, che eravamo tutti negli stessi posti."

Non rispose. Ma io non volevo lasciare cadere l'argomento.

"Bisognerebbe riconoscere cosa c'era di cattivo e di buono nelle cose che abbiamo sostenuto, che abbiamo fatto. Invece ci si tiene dentro il sogno come bambini delusi. È una cosa da stupidi. Non porta a niente."

"Certo è così."

Voleva chiudere il discorso, non mi rivelava i suoi pensieri. Ne avrebbe parlato con Isabella, loro si sarebbero capiti. Provai rabbia per tutti e due.

"Questa specie di nostalgia decadente in cui affoghiamo! Non facciamo che tirarci fuori da tutto, lavoriamo senza entusiasmo, come fossero questioni che non ci riguardano! Cresciamo i nostri bambini senza dare loro nessuna forza, anzi gli insegnamo che la forza, l'orgoglio, avere delle ambizioni è male. Non mi stupirei che Emiliano diventasse un fascista o un terrorista, il che è la stessa cosa! Non c'è niente di peggio che avere l'idea di una perfezione tradita in testa!"

Mi guardò stupito per la veemenza della mia reazione. Lessi nel suo sguardo la piccola soddisfazione di quando riusciva a provocarmi profondamente.

"Perché ti arrabbi?"

"Tu lo sai, Marco. Non chiedermelo. Tu sai molte più cose di me di quelle che riveli."

"Ti arrabbi perché sei gelosa di tua sorella. Non dovresti. Tu e tua sorella vi amate come non avete amato nessuno. Quando vi ho visto per la prima volta, a quella festa, ho pensato che insieme eravate invincibili e che sarebbe stato bello avervi tutt'e due."

Lo guardavo ammutolita.

"E me lo dici così?" gli dissi dopo un po'.

Non riusciva a essere serio, gli veniva da ridere.

"Ma dài, Maria! Lo sai che non è vero. Non ci potevamo neanche tanto sopportare io e lei!"

"Comunque ci sei riuscito ad averci tutt'e due!" gli dissi sollevata.

Ci mettemmo a ridere, a ricordare il giorno in cui avevamo fatto l'amore senza conoscerci. Mi rivelò, a tanti anni di distanza, che dal modo in cui mi ero spogliata subito, aveva pensato con sollievo che dovevo essere una ragazza esperta, e gli era passata la paura. Se avesse saputo che ero vergine, sarebbe fuggito. Mentre parlavamo, pensavo a Isabella, alla gioia di averla ritrovata. Aveva ragione Marco, noi due eravamo una persona sola, invincibile.

"Siate sempre unite e non potrà succedervi niente di male."

Ora le parole di mia madre suonavano diverse da quando ci metteva a letto bambine, e Isabella aspettava che lei chiudesse la porta per sbeffeggiare le sue parole piene di quei buoni sentimenti familiari che lei allora detestava. Quella raccomandazione materna mi pareva un precetto di salvezza per tutt'e due.

La sera della cena Isabella arrivò un po' prima per giocare con Emiliano. Gli aveva portato *Il richiamo della foresta* di Jack London, in una riduzione per bambini. Si erano stesi col libro sul letto di Emiliano. Mentre apparecchiavo la tavola, udivo la voce di Isabella prendere i toni dei vari personaggi della storia, imitare l'ululato del lupo selvaggio che richiamava Buck alle sue radici, le urla terribili dei padroni dei cani che frustavano le bestie per farle correre sulla neve. Immaginavo il viso di Emiliano compenetrato nell'avventura.

Marco ci versò del vino e infilò nel mangianastri una vecchia cassetta di Dylan. La ascoltavamo quando uscivamo la sera in quattro insieme a Occhiobello. A quei tempi la canzone preferita di Isabella era *A hard rain's gonna fall*; sapevo che Marco stava cercando proprio quella. Isabella ci raggiunse in salotto. Ascoltavamo tutti e tre senza parlare, seduti sul divano marrone della nostra adolescenza ricoperto da un'orribile stoffa a fiori. Quando l'avevo scelta per sostituire quella vecchia mi era parsa rassicurante. La canzone era lunga e ripetitiva come una ballata d'altri tempi. La sua bellezza stava nella ripetizione della stessa domanda, "Dove sei stato figlio mio dagli occhi blu", e nelle infinite possibili risposte, immagini di viaggi, incontri, volti, inganni che la voce distaccata di Dylan elencava come fossero aspetti lontani di una stessa esperienza umana. Poi, con gli accordi dell'inizio, la canzone si spense. Isabella staccò le sue mani dalle nostre. Solo allora mi resi conto che durante la canzone ci aveva preso le mani.

"Scusate, sono diventata così sentimentale. Da bambina non m'impietosivo mai di niente. Lo sai, Marco, che credevo di non essere figlia di mamma e papà, di non essere sua sorella. La mia idea era che qualcuno mi avesse lasciato nella loro casa e dovevo passarci l'infanzia, giusto perché da bambini si ha bisogno degli adulti. Ma me ne sarei andata appena possibile a cercare la mia vera famiglia in giro per il mondo."

"Beh, è stato quello che hai fatto, no?" le disse Marco alzandosi e andando a spegnere la musica.

"Sì, fino a un certo punto."

La guardammo tutti e due. Era quello che avrei voluto sapere: fino a quale punto? Quando ne aveva avuto abbastanza?

Isabella si rivolse a Marco.

"Maria ti ha detto perché io e Occhiobello ci siamo lasciati, quando ho smesso di fare attività politica e poi me ne sono andata?"

"Maria non mi dice mai niente. Sì, mi pare che Occhiobello me lo raccontò allora," rispose vagamente. Non aveva mai voglia di parlare di quegli anni. "Sai, poco tempo fa, forse un mese, l'ho incontrato casualmente per strada e lui mi ha subito chiesto di te e..."

"Non me l'avevi detto. Non mi dici mai niente," lo interruppi risentita.

Mi sorrise.

"Ti dico tutto, Maria, sei la mia anima, ma tu spesso non mi ascolti perché pensi di sapere già quello che sto per dirti."

"Ti pare che me ne sarei dimenticata, ci ho pensato tante volte e mi chiedevo che fine avesse fatto."

"È tornato a vivere qui anche lui. Si è sposato, ha un bambino. Il fratello maggiore, quello arrivato, lo ha preso a lavorare con sé nella sua officina. Vivono sempre nella stessa casa, il comune gliel'ha assegnata finalmente. Gli ho telefonato di venire questa sera, non so se ti fa piacere."

Isabella diventò tutta rossa, come avesse lì, davanti agli occhi, il suo innamorato di una volta.

"Dio mio! Gli hai detto di venire!"

"Ho fatto male? Forse non ti va di rivederlo?"
"Sì, certo, mi va! Ma spero di non commuovermi."
Emiliano apparve sulla porta con il suo orso in mano ormai ridotto a brandelli.
"Non dormi ancora?" gli dissi alzandomi.
"Ho paura dei lupi selvaggi," mormorò piangendo, fissando Isabella.
Marco si alzò e lo prese in braccio.
"Stai seduta, ci vado io."
La porta si richiuse sui due abbracciati.
"Mi dispiace, forse era troppo piccolo per quella storia."
"Ma no, adora avere paura ed essere rassicurato, lo chiede così poco."
Restammo in silenzio per qualche secondo.
"Credo che dovrei cercarmi un lavoro e una casa," mi disse alla fine.
"Secondo me è meglio che resti da mamma per il momento. Quando io e Marco ci siamo separati, mi ha aiutato molto. Senza di lei, forse non sarei riuscita a laurearmi."
"Sì, lei me lo ha proposto, ma non so se sia giusto. Proprio io tornare a casa da mamma a venticinque anni. Fa ridere."
"Per un periodo, finché non avrai deciso cosa vuoi fare."
"So che Rafael ti ha detto molte cose di me. Me lo ha confessato. Questa è stata una delle ragioni della nostra rottura finale. Sicuramente ti ha raccontato di quella stupida storia di lettura della mano, mi avrà descritto come una pazza."
"Mi ha detto che era preoccupato perché ti vedeva cambiata, impaurita, ma me ne ero accorta da sola, anche se tu mi dicevi che tutto andava bene, che eri contenta di stare lì, che non ti ponevi nessun problema per il futuro."
Abbassò lo sguardo sulle mani, si guardava le dita, le unghie, l'interno del palmo. Ora la sua voce era roca, disperata.
Marco entrò nella stanza, lei non si accorse della sua presenza.
"Non so da quando vedo tutto così nero, non so se sia così per tutti. Ma io non riesco a conviverci. Ogni cosa mi sembra priva di vita. Adesso con voi sto bene, vedo Emiliano, penso a questo bambino che nascerà dalla mia incoscienza e mi pare che tutto vada bene lo stesso. Ma poi, improvvisamente, mi torna questa sensazione di agitazione permanente, di paura, di non essere all'altezza. Non avevo mai visto le cose in questo modo. Tutto il mondo, i posti in cui sono stata mi procuravano la voglia di guardarne altri, di

ascoltare. Non volevo portarmi via nulla, né costruire qualcosa che fosse solo mio e fermarmici. Mi pareva di tenere la mia vita in pugno! E poi tutto è svanito, e non è rimasto che questo nero davanti agli occhi e sono diventata ingombrante per tutti."

Isabella appoggiò la testa sulle mani, in grembo. Ero impietrita dal suo dolore. Marco le si avvicinò, si chinò ad abbracciarla, le tirò su la testa, la guardava negli occhi.

"Tutti abbiamo avuto momenti così, non crederci tanto forti. Noi ti amiamo, il tuo ritorno è stato molto importante per tutti noi."

"Veramente?" chiese lei stupita.

"Certo! Maria non faceva altro che progettare viaggi per venirti a riprendere, tua madre costruiva altarini di fotografie e piangeva, e io avevo bisogno di una sorellina fragile e imperfetta come me. Conosci la perfezione di tua sorella e forse non ti ricordi bene della mia: è un avvocato famoso. Difende me, il suo fratello maggiore, in tribunale, strascichi di un periodaccio. Mi parla come avesse dieci anni più di me, ne ha sette di meno. Ma noi siamo stati dei leoni, Isabella, non te lo dimenticare! Non te lo dimenticare! Chi li conosce i posti che hai visto tu, e le persone! Quelli che verranno qui stasera, tu te li mangi tutti! Tutti, hai capito!"

Ridevamo vedendo come agitava le mani e parlava via via esaltandosi. Lo squillo del campanello lo interruppe. Quando arrivarono i nostri invitati, Isabella aveva recuperato il buonumore. Marco la presentò, raccontando a tutti dei suoi viaggi. Mia sorella fu al centro della serata. Il suo sguardo era di nuovo quello di sempre, luminoso e sfrontato. Raccontò dell'America del Sud, della Turchia, dei suoi viaggi in Africa, dell'Olanda. Vedevo l'ammirazione e la curiosità nello sguardo dei nostri amici. Alcuni forse ne avrebbero sparlato con le mogli, una volta tornati a casa. Immaginavo i loro discorsi da benpensanti sul bambino, sul ritorno di mia sorella senza un marito, senza un mestiere. Ma durante la cena, Isabella fu felice e in cuor mio ringraziavo Marco per averla aiutata.

Alla fine della serata, quando non lo aspettavamo più, arrivò Occhiobello. O almeno qualcuno che gli rassomigliava. Era sempre magro, ma aveva perso i capelli prematuramente e curiosamente gli occhi erano diventati dello stesso colore. Tutta la sera lo scrutai in cerca di una risposta plausibile al cambiamento di colore dell'occhio ribelle di una volta. Sulla porta mi guardava intimidito, con una scatola di cioccolatini in mano. Lo abbracciai.

"Vieni, quasi non ti riconoscevo, pensavamo ti fossi dimenticato!"

Mi tese la scatola di cioccolatini come un amichetto di scuola in visita e si tolse il cappotto. Con la stessa timidezza rispose ai saluti degli altri, stringendo le mani e presentandosi invariabilmente nello stesso modo.

"Piacere, Vito."

Sparito l'occhio diverso, aveva giustamente abolito anche il soprannome, che per noi era sempre stato il suo unico nome.

Dopo avere salutato tutti gli altri, Vito si avvicinò a Isabella. Si abbracciarono e lei gli accarezzò per gioco la testa con i pochi capelli rimasti.

"E tua moglie, non l'hai portata?"

"Sta a casa con il bambino."

"Devi essere un marito terribile. Quanti anni ha tuo figlio?" scherzò lei.

"Due, è piccoletto."

Le sorrise. Non riuscivo a riconoscerlo neanche ora. Nel modo in cui parlava, non c'era più nulla della sicurezza, della protervia di una volta. Era impacciato e insicuro, si dava un tono.

"E tuo marito?" le chiese lui educatamente, sedendosi accanto a lei e accorgendosi che Isabella aspettava un bambino.

"L'ho lasciato a molti chilometri da qui," gli rispose lei ridendo.

Non credo si dissero altre parole. Vito tacque per tutta la serata, ascoltava la conversazione. Ogni tanto lanciava degli sguardi a Isabella e si sorridevano, tra gli scherzi, il gergo comune degli altri, le battute sul lavoro, i commenti alle ultime notizie dei giornali. Quei loro sorrisi un po' tristi sembravano piccole verità che nessuno di noi era più in grado di esprimere a parole.

18.

Mai come nel periodo delle nostre gravidanze parallele, mia sorella fu per me uno specchio. Osservando la deformazione del suo corpo, del suo viso, dei suoi pensieri, notavo la mia. Dopo qualche tentativo fallito aveva rinunciato per il momento a trovarsi un lavoro. Avrebbe ritentato dopo la nascita del bambino. Intanto mi aiutava nel mio e io le davo una parte del guadagno. Trascriveva le tabelle in bella copia, completava i grafici, batteva a macchina i commenti. Arrivava a casa ogni mattina, non troppo presto perché non riusciva ad alzarsi. Il sonno era diventato il suo nemico.

"La mattina mi sento le palpebre incollate, e dopo pranzo mi addormenterei ovunque," mi diceva sbadigliando.

Le aprivo la porta ancora in vestaglia. Era vero, ogni attività sembrava un peso terribile. Mi chiedevo come facessero le altre donne a lavorare fino agli ultimi mesi. Le ammiravo e mi sentivo inadeguata e viziata. La mattina cercavamo di concludere qualcosa e poi finalmente andavamo in cucina a prepararci da mangiare. In realtà ci eravamo già alzate mille volte con le scuse più strane, per rubare nel frigorifero un pezzo di formaggio, uno yogurt, qualche biscotto. All'ora di pranzo ci scatenavamo. Io le cucinavo i piatti del mio periodo proletario. Lei mi preparava dei meravigliosi couscous, involtini vegetariani, e altre ricette raccolte nelle sue peregrinazioni. Una volta alla settimana andavamo al mercato. Ci incontravamo all'entrata di un mercato coperto che Isabella aveva prescelto dopo averne scartati altri. Mia sorella era diventata più brava di me nel confrontare i prezzi, scegliere i banchi e fare amicizia con i commercianti. Ci ricordammo che una sera di tanti anni prima, Antonio ci aveva consigliato di aprire un ristorante insieme e di chiamarlo "Le due sorelle". Sedute al bar, con i sacchetti di plastica intorno alle gambe, sorseggiavamo l'ennesimo cappuccino, e scherzavamo sul fatto che ora il ristorante si sarebbe dovuto chiamare "Le due sorelle gravide". Forse eravamo nate per essere due brave donne di casa e basta. Gli altri progetti erano solo velleità di ragazze di buona famiglia.

Marco ed Emiliano godevano della situazione e ingrassavano come i capi di un harem. Marco tornava a casa presto, e Isabella si fermava spesso a mangiare da noi. Banchettavamo tutti e quattro e finivamo la serata davanti alla televisione. Qualche volta lasciavamo Emiliano a mia madre e andavamo al cinema o in un locale a sentire musica. Marco passeggiava per strada dandoci il braccio e la gente lo guardava incuriosita. Un giorno ci raccontò che la portiera gli aveva chiesto con aria assolutamente naturale:

"Quando sgravano le sue signore?".

Ci eravamo iscritte al corso di preparazione al parto dell'ospedale dove andavamo a farci visitare. Lì avevamo incontrato una ragazza che frequentava un gruppo di autocoscienza femminile. Dopo qualche esitazione – eravamo diventate diffidenti verso riunioni e gruppi – avevamo deciso di provare ad andarci una sera, lasciando Marco con il bambino. Era stato facile replicare alle sue obiezioni.

"Ti senti escluso, certo, so cosa si prova."

"Per quanto tempo dovrò scontare la mia pena, Maria?" mi aveva chiesto.

"Scherzavo. Sei il marito migliore del mondo! Anche Isabella è molto contenta di te," gli avevo detto abbracciandolo.

Le riunioni si tenevano a casa di una ragazza che abitava da sola in un grande appartamento del centro. In questa casa tutto, dall'arredamento, alle stoviglie, ai tappeti, al letto, era rigorosamente orientale. Le luci basse filtravano attraverso il fumo delle sigarette e dei tronchetti profumati che ardevano perennemente in piccoli contenitori di vetro disegnati a mano. L'odore dolciastro dava la sensazione di stare in una fumeria d'oppio. Come in una fumeria, le donne si stendevano su divani alti pochi centimetri più del pavimento, o a terra sulle stuoie. Qualche volta la padrona di casa, che era francese e si chiamava Stéphane, metteva una cassetta di musica che aveva portato da un viaggio in India. La prima riunione ci parve incomprensibile come la prima assemblea politica. Qui ogni donna cominciava un discorso senza indicare esattamente l'argomento. Non c'erano scopi o progetti dichiarati. Solo un'idea comune, ancora vaga, attraente, che circolava nel gruppo come il fumo dell'incenso. Le donne parlavano di sesso, di maternità, di lavoro, di violenza sessuale e quotidiana, senza nessuna intenzione di cambiare il mondo. Avevano la pretesa molto più sconvolgente di comprendere le ragioni individuali, i desideri che sottostavano a quei comportamenti. Capimmo tutto questo dopo parecchio tempo. Alla fine della prima riunione ci sentivamo solo confuse e un po' deluse. Andandocene scherzavamo sul modo che avevano quelle donne di parlare.

"Sembra che guardino attonite le proprie viscere," mi disse ridendo Isabella. "A me non sembrano così interessanti."

Ma la settimana seguente, prima della riunione, Isabella mi telefonò.

"Che dici, ci torniamo? Io ne ho voglia, e tu?"

Ci andammo una volta alla settimana per due mesi. Tacevamo. Le esperienze di quelle donne somigliavano alle nostre, eppure non ce la sentivamo di prendere la parola, non ci pareva di essere all'altezza della loro lucidità. Anche in questo caso, come in altre esperienze che avevamo condiviso, ci sentivamo inesperte. Eppure ne eravamo attratte. Stéphane e le altre scherzavano sulle nostre gravidanze.

"Voi due fate tutto insieme o sbaglio? Quando vi verrà voglia di aprire bocca, direte una parola per ciascuna?"

Una sera, per conoscersi meglio, si organizzò una cena. C'era la solita musica indiana. In cucina si scoperchiavano cibi portati da casa e si chiacchierava di vita quotidiana. Due ragazze che stavano insieme ballavano abbracciate in salotto, con gli occhi chiusi. L'omosessualità femminile era il tema nascosto delle litigate con Marco per via di quelle riunioni. Non osava parlarne ma alludeva sempre al ridicolo di quelle assemblee di sole femmine. In realtà era geloso delle nostre serate. Quando tornavo a casa, cercavo di raccontargli qualcosa, ma mi pareva impossibile trasferirgli la vaga complicità che ci induceva a tornare, malgrado sentissimo anche noi che lì tutto era troppo estremo per durare.

Fu una bella serata. Alla fine della cena avevamo bevuto e come sempre ci eravamo stese qua e là, tra i fumi, come in un bagno turco. Si parlava d'amore, di uomini. Isabella iniziò a parlare all'improvviso, vincendo la timidezza.

"Quando ero ragazza non mi pareva ci fosse differenza tra l'amore fisico e quello spirituale, romantico, o comunque si voglia chiamarlo. L'incontro tra il corpo di un uomo e quello di una donna mi pareva l'aspetto più interessante dell'amore. Nel modo in cui un uomo fa l'amore si capiscono molte più cose della sua anima che ascoltandolo parlare. Quando ho avuto desiderio di conoscere un uomo, ho preso l'iniziativa per prima senza pensare a come lui mi avrebbe vista e giudicata. Francamente non me ne importava. E ora sono sola. Forse allora era tutto sbagliato. Non lo credo, malgrado tutto. L'incontro con l'uomo è per me una sfida, una fantasia invincibile. Volevo sapere cosa ne pensate."

L'ultima frase l'aveva detta con un sorrisetto di scusa sulle labbra. Le donne tacevano e nessuna guardava l'altra. Sentivo crescere uno sentimento di imbarazzo. Non era la prima volta che mi capitava con mia sorella, in presenza di altri. Potevo anche comprendere il senso del suo discorsetto, ma non mi sembrava il caso di spiattellarlo in quella sede.

"Noi ci riuniamo per conoscerci," fece Stéphane dopo lunghi attimi di silenzio, con un tono di voce calmo e ironico. "Per comunicare le nostre esperienze in modo libero, senza lo sguardo degli uomini. Ma dato che tu ti senti già libera da quello sguardo, non capisco perché vieni qui."

Gli occhi di tutte erano su Isabella.

"Perché mi piace ascoltare le vostre storie. Volevo solo raccontarvi la mia, questo è tutto," rispose con aria contrita.

Era veramente rattristata per la reazione che aveva provocato. Come sempre aveva detto quello che pensava, senza preoccuparsi dell'effetto delle sue parole. La sua semplicità era irritante ma non calcolata. Mi ricordai dei suoi commenti strampalati quando la facevo studiare da bambina. Mi innervosivano, anche se mi accorgevo che non lo faceva per provocarmi. Il discorso cambiò fortunatamente direzione, o meglio rientrò nei canali ammessi. Isabella se ne stava assorta in un angolo del divano. Il labbro inferiore le tremava impercettibilmente. Mi davo da fare per chiacchierare animatamente con la mia vicina, in modo che non ci giudicassero troppo strane tutt'e due. Ogni tanto le lanciavo degli sguardi. Sapevo che si sentiva sola e mi chiedevo a cosa pensasse, ma non riuscivo ad alzarmi e ad andarle accanto.

Ci ritrovammo per strada con le pentole e i piatti che avevamo portato. Isabella non aveva detto una parola e le altre l'avevano salutata con una distanza evidente. Mi aiutò a sistemare ogni cosa sul sedile posteriore dell'automobile e si sedette accanto a me senza guardarmi. Mi chinai con un po' di fatica per infilare la chiavetta e mettere in moto.

Guidavo verso casa a velocità sostenuta, ero stanca e non volevo discutere di quello che era accaduto. La strada era deserta, macchiata dai coni di luce gialla dei lampioni. Si voltò verso di me e mi guardò un istante. All'improvviso afferrò il volante e sterzò bruscamente verso il bordo della strada. Cercai senza riuscirci di contrastare il suo gesto. Andammo a sbattere contro un'auto in sosta. Sentii un colpo spaventoso allo stomaco e urtai la fronte contro il volante. Per un attimo mi si annebbiò la vista. Un dolore di cui non capivo la provenienza mi toglieva il respiro.

"Vuoi ammazzarmi, vero?" disse con una voce bassa che non avevo mai udito.

Rialzando la testa vidi due persone che correvano sul marciapiede in direzione della nostra auto. Mi voltai verso di lei. Il suo viso era bianco, le labbra socchiuse tremavano ancora, come in precedenza, nella casa di Stéphane. La pagliuzza dorata dell'occhio sinistro brillava nel buio.

"Non dovevo tornare. Dovevo stare lontana da te, lo sapevo."

Tremava in tutto il corpo e la sua voce era alterata, così diversa dal solito.

"Perché hai fatto questo?" le chiesi dopo qualche minuto.

Dal sopracciglio sinistro mi gocciolava del sangue sul vestito, ma il dolore allo stomaco stava diminuendo. I visi dei due accorsi e di altri che si erano avvicinati premevano sui vetri dell'auto.

"Non so cosa mi è preso. Mentre guidavi, ho avuto paura, mi è sembrato che avessi perso il controllo dell'auto, allora ho sterzato. Dio mio! Ti sei fatta male."

Una delle persone aprì la portiera.

"Si è fatta male, signora, chiamiamo un'ambulanza?"

Scesi dall'auto. Mi sentivo bene, nessuna traccia del dolore allo stomaco. Mi tamponavo il sopracciglio con la manica della giacca. La nostra macchina si era ammaccata solo sulla fiancata, evidentemente ero riuscita a contrastare in parte la sua manovra insensata.

"No, grazie, è tutto a posto."

Provai a rimettere in moto. Un ragazzo prese i dati della mia auto e li lasciò sul vetro della macchina che avevamo investito. Isabella era scesa e si era allontanata per qualche istante.

"Lasciami guidare," mi disse tornando indietro.

"Ce la faccio benissimo. Sto bene."

"È sicura, signora?" mi chiese di nuovo il ragazzo che mi aveva aiutato.

"Va tutto bene, grazie."

Isabella risalì in macchina e ingranai la prima. Ero stupita del mio sangue freddo, della calma con cui riuscivo a guidare come se niente fosse accaduto.

"Non so perché l'ho fatto, Maria," mi disse Isabella dopo un po' con una voce di pianto.

Mi voltai verso di lei. Piangeva in silenzio. Mi accorsi che era la prima volta che la vedevo piangere. Non lo sopportavo.

"Perché piangi?"

"Non so perché l'ho fatto," ripeté.

"Forse eri assorta, distratta, all'improvviso hai avuto la sensazione che corressimo un rischio e hai reagito."

Si asciugò gli occhi e mi guardò.

"Sì è così, forse è così. Non ci sono problemi con il bambino, vero?"

"Figurati, sto benissimo. E tu?"

"Io non ho sbattuto."

"Però forse ti lascio a un taxi, mi sento un po' stanca," le dissi.

"Certo, ma non vuoi che ti accompagni a casa?"

"Ti giuro, sto benissimo. E non ho intenzione di raccontare nulla a Marco. Solo che siamo andate a sbattere, ma nient'altro, chissà quanto ci ricamerebbe sopra!"

Davanti alla fermata dei taxi, si chinò a baciarmi dopo un attimo di incertezza. La sua guancia era ancora bagnata di lacrime.

"Perdonami. Ti voglio tanto bene."

La baciai.

"Anch'io, è dimenticato, tutto dimenticato."

La guardai allontanarsi con il piccolo ventre proteso che spezzava la sua figura magra, ancora da bambina.

19.

A Marco raccontai che mi ero inspiegabilmente distratta e avevo investito un'auto in sosta. Mi ascoltava pallido di paura, senza dire nulla. Quando fummo a letto, ci tenne a dirmi che non voleva che uscissimo più da sole di notte.

"Così almeno sarai contento," gli dissi urtata.

"Non me ne importa niente di quelle riunioni, Maria, se ci tieni ad andarci. Ma non puoi mettere a rischio il bambino."

Avevo finto di addormentarmi per non discutere. Al buio ero rimasta sveglia a lungo. Il suo respiro regolare deviava i miei pensieri, ma non volevo farmi distrarre. Riandavo in modo ossessivo a quell'attimo in cui Isabella mi aveva guardato e aveva afferrato il volante. Come avevo potuto non accorgermi di quella follia, di quel risentimento terribile che mia sorella covava contro di me? Quando era nato? Forse l'aveva coltivato per tutta la vita e gettava un'ombra sulla nostra infanzia, sul nostro amore, sui nostri screzi puerili, sulle nostre lontananze. Ma non eravamo mai state rivali. Non era questo il punto, ne ero sicura.

Mi tornarono in mente le sue parole, quel giorno che mia madre ci aveva lasciate sole: "Non ci siamo nascoste niente, almeno fino a un certo punto". All'improvviso pensai a Mehmet, alla storia che avevamo vissuto insieme, alla loro avventura in Turchia. Si era dato a tutt'e due presentandosi in modo opposto. Con me aveva finto di essere un bravo marito, dicendomi che ero una donna forte, che il mondo si divide in due parti, qualcuno si tuffa alla cieca e altri aspettano anni prima di tuffarsi. Io facevo parte dell'ultima categoria. E a lei, che invece amava tuffarsi, aveva offerto le sue esperienze e le sue fantasie di avventuriero. Quando ero tornata dal viaggio in Grecia, i giochi erano fatti: avevo ricucito il mio matrimonio con Marco, anche se non ci credevo fino in fondo, mi ero trovata un lavoro, avevamo progettato un altro bambino, eravamo diventati una famiglia normale. E Isabella? Era andata avanti tuffandosi alla cieca: si era fatta lasciare da Rafael, aveva continuato a vivere per un po' con Antos e Mina, in un nucleo in cui non aveva un posto, era rimasta incinta durante un incontro occasionale. La sua follia, le sue insicurezze nuove e immotivate, quell'angoscia che non era mai riuscita a nascondermi, nascevano dalla paura che si compisse un destino a lei avverso.

Bastava parlarne con lei, riderne insieme senza paura come facevamo una volta nella nostra stanza comune. Nel buio della stanza pensai che averlo capito, ci salvava. Mi addormentai sollevata.

Un liquido caldo mi scorreva tra le gambe, forse stavo sognando. Sognavo una bambina con i capelli rossi e le gambe magre che uscivano dai pantaloni corti. La bambina correva su una lunga spiaggia deserta. So dov'è quella spiaggia. Non ci sono mai stata, ma la immagino spesso al tramonto e guardo l'orizzonte con gli occhi di mia sorella. La bambina però non somigliava a Isabella, non aveva i suoi lineamenti, il colore dei suoi occhi. Correva disperatamente per salvarsi da un pericolo che io non vedevo. La giornata era assolata e il mare calmo. Dove si nascondeva la trappola? Il viso della bambina era vispo e sfrontato, non temeva il suo inseguitore. Nella corsa faceva grandi salti. A ogni salto ricadeva sulla sabbia con le gambette magre e agili. Aveva l'energia di un cucciolo di leopardo. E l'inseguitore era proprio un grande leopardo adulto; ora si materializzava temibile dietro una montagna di sabbia. Ma la bambina si voltava a guardarlo e gli rideva in faccia.

Il liquido mi scorreva tra le gambe come un rivolo di sangue, non apparteneva al sogno. Accesi la luce. Marco si svegliò quasi subito.

"Cos'è?" mi chiese allarmato.

"Credo si sia rotto il sacco. Magari la rottura era alta e ci ho messo un po' per perdere le acque."

Con calma gli indicai la roba da prendere, gli chiesi di chiamare l'ambulanza. Non potevamo lasciare solo Emiliano.

Da un vetro dell'ambulanza vedevo la città addormentata appena tinta dal biancore dell'alba. Non sentivo dolore. Pensavo intensamente al mio bambino. Tenevo la mano sul ventre, avrei voluto accarezzarlo. Nasceva due mesi prima del tempo. Lo immaginavo senza carne intorno alle piccole ossa. Avevo visto i bambini prematuri nella nursery dell'ospedale in cui avevo partorito Emiliano. Addormentati, con tubi sottili che uscivano dai nasi infinitesimali, dalle braccia piccole come ramoscelli, non erano ancora scesi sulla terra. Accanto alle culle le madri combattevano per indurli a restare. Poi non ci fu più tempo per pensare. I dolori vennero a ondate rapide, favoriti dalla flebo che mi avevano attaccato subito dopo il ricovero. Dopo poche ore, con un vagito da gattino, nacque una bambina tanto piccola che sembrava il cucciolo di un'altra specie. Nuda nell'incubatrice, sotto una lampada gialla, con una fascetta bianca sugli occhi, sembrava una nudista addormentata al sole. Così la videro Emiliano, Marco e mia madre la mattina dopo. Emiliano mi aveva portato dei fiori e dei cioccolatini, ma non volle darmeli. Guardava i neonati allattati dalle mie vicine e si stese come loro, sul letto accanto a me.

Passai dieci giorni in ospedale. Guardavo la bambina dormire, muoversi di tanto in tanto, piangere debolmente. Mi tiravo il latte per darglielo nel biberon.

Ogni tanto, mentre dormiva, le toccavo i piedini. Per quei dieci giorni mi parve di stare con lei sotto il vetro dell'incubatrice. Conoscevo ogni suo movimento, ogni piega della pelle che l'avvolgeva come un indumento troppo largo. Poi tornai a casa e dovetti lasciarla lì. La mattina, prima di andare in ufficio, Marco le portava il mio latte. La sera ci andavo io e le stavo accanto fino all'ora di chiusura dell'ospedale. Un giorno la trovai in una culla accanto alle altre. Le avevano tolto la fascetta dagli occhi; immobile, seria, guardava il mondo per la prima volta con gli occhi chiari di mia sorella.

Isabella era venuta a trovarmi una sola volta in ospedale. Ero seduta accanto all'incubatrice, mi accorsi che lei ci guardava ferma dietro il vetro. Era vestita in modo strano, con un gilet di lana rosso su dei pantaloni neri di almeno tre taglie più grandi della sua, i capelli spettinati le cadevano sulle spalle. Le sorrisi, le feci segno di apettarmi. Quando uscii dal reparto era già andata via. Mi aveva lasciato un biglietto sul letto: "Andrà tutto bene per la bambina, un mio amico lo ha visto nelle carte".

L'avevo richiamata prima dall'ospedale e poi da casa, ma non l'avevo mai trovata. Mia madre non sapeva dove trascorresse le sue giornate.

"Non mi dice niente. E così cambiata con me. Mi risponde male, non vuole che m'immischi. Dice che ha trovato un lavoro e degli amici che l'aiuteranno, che presto se ne andrà. Devi aiutarla, Maria."

I giorni passavano senza che riuscissi a vederla. Marco andò a prendere la bambina in ospedale e finalmente la sistemammo nel suo lettino. Avevamo deciso di darle il nome di mia sorella.

Quella sera mi addormentai con l'idea che l'indomani avrei fatto di tutto per incontrare Isabella.

Non so perché non si riesca ad aiutare le persone che si amano di più, si pensa che c'è sempre tempo per farlo. Il nostro amore ci pare uno scudo che le renderà invulnerabili. Qualcuno ha detto che l'amore non esiste, esistono solo le prove d'amore. Credo sia vero.

Quel periodo in cui mi attaccavo alla bambina nata prima del tempo, e in cui mia sorella cercava disperatamente una via d'uscita, mi appare oggi nebuloso. Fatico a precisare le date, i fatti. Delle esperienze lontane della nostra infanzia, di quelle del periodo in cui avevamo condiviso le stesse aspirazioni, ricordo i giorni, i dettagli, i colori degli abiti che indossavamo. Infine quella chiarezza estrema sui nostri destini, la notte in cui era nata la bambina.

Finché la bambina rimase in ospedale sia io che Marco dimenticammo l'esistenza di Isabella. Ma nel periodo successivo, le sue difficoltà diventarono a poco a poco una minaccia alla nostra sopravvivenza familiare. Mi chiedevo perché Marco, a cui non avevo raccontato la vera ragione del mio parto prematuro, si fosse distaccato progressivamente da lei dopo la nascita della bambina. Forse aveva intuito che gli avevo nascosto qualcosa dell'incidente. Oppure quella prima vera paternità gli aveva ridato il senso di un'appartenenza alla vita che gli pareva perduto per sempre. L'inquietudine di Isabella, la sua irrequietezza, gli sembravano all'improvviso stati d'animo pericolosi. Lui che nei primi tempi dopo il suo ritorno era stato suo paziente alleato, una delle poche persone con cui lei si confidava senza temerne il giudizio, divenne, col passare del tempo, il suo principale nemico. Ci riesce difficile parlarne ancora oggi. L'amore e la protezione di cui circonda la bambina di Isabella non riescono a cancellare il periodo in cui progressivamente chiuse alla madre la porta del suo cuore. Ora tace e cerca di dimenticare. Forse ha relegato l'esistenza di Isabella tra i cadaveri della sua antica ideologia. Lo compiango. Non c'è giorno in cui le parole che mia sorella mi ha detto nella sua vita troppo breve, i suoi gesti, le sue apparizioni, le sue fantasie, non mi sembrino un lascito straordinario. Non mi interessa salvare la mia integrità, negare le nostre incomprensioni, la mia codardia. Mi preme solo di non perderla, di non staccarmi da lei, di non lasciarla andare lontano da me.

Dopo la nascita della bambina cercai di incontrarla e di parlarle. Pensavo che l'incidente, il pericolo che avevo corso a causa sua l'avessero messa in quello stato d'animo distruttivo che preoccupava mia madre. Volevo rassicurarla, starle vicino negli ultimi mesi della sua gravidanza. Ma lei non si fece trovare. L'aspettai per giorni a casa di mia madre. Andavo via la sera con la bambina senza averla incontrata. Mia madre mi raccontava che rientrava la notte. Lei l'aspettava sveglia. Scambiavano poche parole perché aveva paura di suscitare la sua ostilità. La mattina dormiva fino a tardi e poi usciva di nuovo.

"Non so neanche se si è più fatta visitare dal medico. Non so chi siano quelli che la chiamano. La mattina entro nella sua stanza e la guardo dormire. Dorme profondamente, non sente nulla. Qualche volta non si è neanche spogliata dalla sera prima."

Un giorno decisi di restare a dormire da mia madre e di aspettarla. Telefonai a Marco al lavoro pregandolo di occuparsi di Emiliano. Ora rimaneva in ufficio fino a tardi, aveva smesso di considerare il lavoro solo un sistema come un altro per guadagnarsi da vivere, cercava di fare carriera. Si occupava di finanza e lavorava per il direttore dell'ufficio studi che lo stimava molto.

"Non mi pare una cosa sensata. Isabella è capace di badare a se stessa e voi siete sempre troppo drammatiche," mi rispose urtato.

Dopo una discussione accettò di andare a prendere Emiliano a scuola.

"Ti dico una cosa, Maria, Isabella vuole che tu ti occupi di lei. Vuole essere al centro della nostra vita e se non ci riesce è disposta a scombinarla."

Era notte. Avevo chiacchierato fino a tardi con mia madre e mi ero poi stesa sul letto di Isabella. La bambina dormiva accanto a me. Con mia madre eravamo riandate ai ricordi d'infanzia, della sua e della mia, di mio padre non parlavamo quasi mai.

"Com'era tua sorella?" le avevo chiesto.

Mia madre non mi aveva veramente risposto. Nel buio della stanza pensavo a ciò che mi aveva detto.

"Due è un numero complicato. Meglio sarebbe stato essere in

tre, per me e per lei. In due si è in un modo o nell'altro per differenza e non per scelta. E per differenziarsi si esaspera il proprio carattere, le proprie idee, la propria vita. Tante volte mi sono rimproverata quello che le è accaduto. La sera prima della sua fuga con Nazim, lei mi disse che volevano andare via insieme. Litigammo. Fui dura con lei, intransigente. Non volevo vedere le sue ragioni. La verità è che il loro amore mi escludeva. Erano così passionali e innamorati. Mi pareva di avere un macigno sul cuore mentre mi parlava di lui. Mi sentivo incapace di provare un sentimento del genere. Forse lei fuggì anche da me, o forse l'avrebbe fatto comunque."

Mi ero appena addormentata pensando alle parole di mia madre, quando udii i passi di Isabella nel corridoio. Mi parve di essere nella nostra stanza di un tempo, quando lei rientrava tardi la sera e io nel sonno l'aspettavo. Mi tirai su e le andai incontro. Si voltò verso di me. In silenzio, ai due lati del lungo corridoio su cui si affacciava anche la stanza dei nostri genitori, ci guardavamo. Ho il ricordo preciso di quel momento, della distanza che ci separava, del desiderio che avevo di andarle incontro e di abbracciarla.

"Perché sei qui?" mi chiese con un tono di voce quasi brutale.

Venne verso di me senza guardarmi. Mi oltrepassò e aprì la porta della stanza.

"Fai piano, la bambina dorme in camera tua, non ti dispiace, vero? Volevo vederti, sono giorni che ti cerco."

Eravamo ferme nel corridoio davanti alla stanza dove dormiva la bambina. Pallida, una lunga camicia le copriva il ventre, sembrava dimagrita.

"È la mia camera ancora per poco, tra qualche giorno parto."

Quella conversazione sussurrata nel corridoio era irreale.

"Dove vuoi andare, il bambino nascerà tra poco, come fai a partire?"

"Il bambino nascerà come nascono tutti i bambini, un posto vale l'altro. Ho degli amici che mi aiutano."

"Chi sono?"

"Le collane di Mina, ne avevo un pacco e le ho vendute a un amico. Un tizio che commercia con l'India: braccialetti, orecchini, borse. Parte per Delhi tra quindici giorni. Vado con lui, non ho mai visto l'India."

Sentivo salire una furia che non riuscivo a controllare, eppure mi ero giurata di riuscire a parlarle.

"Pensi di fare nascere il bambino in India? Saresti l'unica occidentale nella storia che va in India a partorire," le dissi con rabbia.

"Ascoltami bene, Maria, non so cosa farmene del tuo disprezzo e di quello di tuo marito. So esattamente cosa pensate di me e della mia vita, me ne infischio. Ho visto come vanno avanti le cose qui. Non mi interessa restare," mi rispose.

Di colpo mi sentii stanca di opporle la mia ragionevolezza, il mio buonsenso.

"Non ti faranno neanche salire sull'aereo," le dissi rientrando nella stanza. Avevo deciso di andarmene. Radunai in silenzio la roba della bambina, le mie cose. Lei si era seduta sul letto dietro le mie spalle, taceva. Poi iniziò a parlarmi. La sua voce si era completamente trasformata, era dolce, vinta.

"Ieri sono andata in ospedale per farmi visitare. L'infermiera mi chiamava 'la signorina'. Dov'è la signorina, chiedeva in giro cercandomi, e sorrideva come un'idiota. Non ci voglio restare qui, Maria, non sono più capace di infischiarmene di questo genere di cose, mi feriscono."

Mi sedetti accanto a lei, l'abbracciai. La tenevo stretta, le accarezzavo i capelli sottili. Le sue guance odoravano di esterno, di strade, di bar, di persone che non conoscevo.

"Che te ne importa, durerà ancora poco. Ci andremo insieme, quando sarà il momento."

"Ma tu hai..."

La interruppi.

"Ho te."

Ci stendemmo vicine nel suo letto e lei si addormentò quasi subito. Ascoltavo il suo respiro e quello leggero della bambina. Si susseguivano a una piccola, costante distanza l'uno dall'altro. Avrei voluto restare così, sveglia tra loro, per tutta la notte. Temevo il giorno. In quel momento il giorno mi appariva la soglia temibile di un'età adulta che spazzava via persone come mia sorella, amputava me della sua vicinanza, lei del mio amore.

20.

Isabella partorì un mese dopo il nostro incontro notturno in casa di mia madre. Era primavera. Quel mese mi dedicai a lei come potevo. Avevamo ripreso il nostro lavoro comune, ma riusciva ad aiutarmi meno di prima. Si sentiva stanca. Quando arrivavo da mia madre con le carte del mio lavoro e la bambina – andavo io da lei per non farla stancare – la trovavo seduta in giardino. Lavorava a maglia un pullover per il bambino. Spesso aveva le mani in grembo sui ferri inattivi e guardava davanti a sé assorta. Quando mi vedeva, mi sorrideva. La pagliuzza dell'occhio sinistro brillava come quando era piccola. Mia madre si occupava della bambina per permetterci di lavorare. Il pomeriggio andavo a prendere Emiliano a scuola e lo portavo a giocare nel giardino di mia madre. Ogni giorno facevo chilometri con la macchina per andare e venire da casa mia a quella di mia madre.

In quel mese abbandonai Marco. Lo rivedevo la sera, quando tornavo esausta, con i bambini addormentati nella macchina, le buste, il lavoro. E ogni sera ricominciavano le discussioni su Isabella, sulla vita che conducevo, sui bambini che viaggiavano da una casa all'altra come pacchi. Cercavo di rassicurarlo, di fargli capire che sentivo di doverla aiutare in quel modo almeno fino alla nascita del bambino.

"Quando avrà il suo bambino da allevare, sarà tutto diverso," gli dicevo ogni volta.

"E perché pensi che cambierà? Sarà pure peggio. Te la immagini Isabella con gli orari della notte, i biberon, le pappe? Ti dovrai trasferire a casa loro. Tanto ora è già così. È il nostro destino non riuscire a vivere una vita normale."

"Una vita normale! Quando mai l'hai voluta? Proprio tu!" gli dicevo con acredine.

E la domenica, quando anche lui veniva da mia madre a pranzo, non riusciva a nascondere a Isabella la sua ostilità. Mi rimproverava davanti a lei di non poter invitare nessuno a cena perché io ero sempre troppo occupata, di trascurare il lavoro, di togliere ai bambini la tranquillità della loro casa. Dopo pranzo usciva furente con Emiliano e con la bambina e ci lasciava sole. Quel mese fu l'ultimo periodo di completa felicità tra me e mia sorella.

"Marco ha ragione," mi diceva appena lui se ne andava. "Domani non venire, tanto sto bene e se succede qualcosa ti chiamiamo."

"Se stessi a casa, starei sola tutta la giornata. Lui prima delle nove non torna. E poi c'è il sole, i bambini stanno molto meglio qui e io posso lavorare."

Mi sorrideva.

"Guarda che non scappo. Dove vuoi che vada con questa pancia."

Ci mettevamo a ridere per qualsiasi cosa. Le rabbie di Marco non riuscivano a separarci. Isabella mi raccontava dei suoi viaggi, di Leo, del periodo olandese, di Rafael. Parlavamo spesso di uomini. Lei aveva collezionato esperienze più variate delle mie.

"Mi è sempre piaciuto guardare gli uomini mentre lavorano. Quando io e Leo ce ne andavamo in giro con la telecamera o aspettavamo insieme il momento buono per riprendere un tramonto, l'uscita di un animale dalla tana o il volto di qualcuno nella folla, il nostro amore mi sembrava semplice. Come quando, ti ricordi durante le riunioni, accendevo due sigarette insieme, una per me e una per Occhiobello. Invece, tra un lavoro e l'altro, nei periodi in cui vivevamo ad Amsterdam, tutto si complicava tra noi. Si impauriva dei miei slanci, era taciturno. Aveva il terrore che io rimanessi incinta. Non avevo intenzione di fare un bambino, ma la sua ostilità, i suoi silenzi, mi raggelavano. Mi sentivo inopportuna e quando cercavo di essere come voleva lui, era ancora peggio. Poi, quando ci siamo lasciati, solo qualche mese dopo, ho saputo che si era sposato, aspettava un bambino. Ne ha avuti due, uno dietro l'altro. Una sera l'ho incontrato con la moglie, faceva la commessa in un negozio, si occupava dei bambini e lo tiranneggiava in casa, dicendo che partiva troppo spesso, che doveva cambiare lavoro."

Mi venne in mente quella notte, nella mia vecchia casa, quando l'avevo spiata mentre faceva l'amore con Leo. Sul corpo di lui cercava il suo piacere, a occhi chiusi, stringendosi un seno. Forse era questo che non andava a Leo. A Occhiobello, a Leo, a Rafael. Era con loro come era con se stessa, non cercava di compiacerli, non voleva accalappiarli. Pensai a me e a Marco. Nei primi tempi in cui eravamo sposati, e anche prima, quando facevamo l'amore a casa dei miei, io desideravo più di tutto compiacerlo. Mi guardavo fare l'amore con lui, mi sentivo appagata dal piacere che spiavo sul suo volto. Il ricordo di Mehmet passò tra noi come una meteora. Con lui era stato diverso, pensai, un attimo prima che Isabella ne parlasse.

"Solo con Mehmet, nel periodo breve in cui siamo stati insieme, non mi sono mai sentita inopportuna."

"Lui si adattava, gli piacevano le donne, cambiava identità e tutto era sistemato," le risposi.

"Sì," rise, "chissà chi era Mehmet, forse non lo sapremo mai."

"Un gran furbone. Spero non gli sia successo niente. Il suo cappotto, in ogni modo, lo tengo. Cosa darei perché tornasse a riprenderselo."

I bambini della stessa famiglia nascono spesso alla stessa ora. Mia madre mi chiamò di notte. Quando arrivai in ospedale, albeggiava. Isabella era in sala travaglio, e i familiari non erano ammessi. Mia madre mi condusse davanti all'occhio di una telecamera fissata nel muro. Mia sorella aveva un video collegato accanto al letto, potevo sorriderle e salutarla, lei mi avrebbe visto. La immaginavo in balia di quei dolori terribili. Le feci solo un rapido gesto con la mano e le inviai un bacio. Aspettammo sedute su una panchina bianca, accanto a padri nervosi. Dopo un periodo di tempo che mi parve lunghissimo, un'infermiera venne a chiamarci.

"Sua figlia è entrata in sala parto," disse a mia madre. "Il padre può assistere, se vuole."

La guardai dritta negli occhi.

"Sì, vorrei assistere mia sorella."

Mi guardò un attimo perplessa, poi mi condusse in una saletta accanto alle sale operatorie. Mi infilai un camice ed entrai in sala parto.

Isabella era stesa sul lettino sotto il fascio di due luci incrociate sul ventre coperto da un telo bianco. Teneva gli occhi chiusi e il viso era gonfio e rosso. Il dottore e due infermiere si preparavano a prendere il bambino. Le raccolsi la mano abbandonata sul lenzuolo e la baciai. Aprì gli occhi.

“Non ti farà impressione?” mi chiese senza voce.

“È stata dura?”

“Sono stanca.”

Il dottore mi lanciò uno sguardo.

“Deve spingere, se no dobbiamo addormentarla e tagliare. Il bambino soffre.”

Mi chinai verso di lei.

“Metticela tutta ora. Non possono farti il cesareo dopo tutte queste ore di dolore! Spingi anche se pensi di morire.”

“Ho paura... guarda subito il bambino, guarda se sta bene.”

Glielo promisi.

“Prenda fiato, non parli!” le urlò il dottore.

Come un'ondata devastante arrivò il vortice di dolore che costringe a spingere. Il suo viso divenne paonazzo. Un'infermiera le teneva la testa. Il medico le premeva il ventre con forza e le urlava di spingere ancora, ancora. Lacrime le scendevano sul viso. Un rantolo usciva dalla bocca semiaperta.

“Spingi!” le urlai.

Vedevo la testa del bambino rossa di sangue, lontana ancora, ferma tra le gambe divaricate.

“Spingi!” le urlai di nuovo con una voce disumana. Il medico mi guardò stupito. La sua sofferenza mi era intollerabile. Isabella spinse di nuovo con una forza che pensavo non avesse più. In quell'istante il bambino venne espulso come un proiettile sanguinante, si fermò nelle mani del dottore. Mi chinai verso mia sorella che si era accasciata sul lettino. Mi strinse la mano fino a farmi male, mi spingeva verso il medico.

“Guardalo, guarda il bambino!” mi sussurrava.

Il medico aveva già tagliato il cordone.

“È una bambina,” disse, consegnandola all'infermiera. Mi avvicinai al lavandino dove la donna iniziava a lavarla. Era una bambina grossa, per questo Isabella aveva faticato tanto. Ciuffetti di capelli scuri insanguinati le si drizzavano sulla testa. L'infermiera le lavò il viso gonfio. Le fessure degli occhi si aprirono. Erano occhi sconosciuti, grandi e intensi. La bambina pianse con una voce forte. L'infermiera l'asciugò e me la consegnò avvolta in un telo bianco. La guardavo portandola alla madre, mi sembrava bella e forte. Mi batteva il cuore, avevo in braccio la bambina di mia sorella. Gliela sistemai sul petto.

“Guardala tu, è perfetta,” le dissi.

Isabella sollevò la testa debolmente. La bambina si era rannicchiata su di lei.

"È la mia bambina?" mi chiese.

"Diciamo la nostra," scherzai.

"Il padre è un argentino, un amico di Rafael. Era piuttosto bello," mi sussurrò coprendola. Sorrise vedendo la mia sorpresa.

Il medico ci guardava, scambiò uno sguardo con l'infermiera. Feci loro un sorriso dolce e complice per ingraziarmeli.

"Morto in un incidente di montagna," sussurrai tristemente.

Mi venne il sospetto che in Argentina non ci fossero montagne significative.

"In Svizzera," aggiunsi.

Isabella era scossa da una risata che sembrava un pianto di commozione e di stanchezza.

"Povera bambina," mormorò l'infermiera.

Mi chinai verso la povera bambina che dormiva beata sul petto della mamma.

"La nostra piccola argentina!"

Le diedi un bacio sulla guancia minuscola. Tra gli occhi chiusi di mia sorella tremavano due lacrime di ilarità trattenuta.

Fino all'arrivo dell'estate tutto sembrò procedere nel modo migliore. Isabella dedicava alla bambina tutto il suo tempo. La allattava e passava giornate intere a passeggiarla in giardino. La teneva sempre in braccio, incurante delle raccomandazioni di mia madre e delle mie. Ma la bambina era buona e calma. Non piangeva quasi mai, mangiava alle ore giuste, dormiva tutta la notte.

"Si impegna a darci meno fastidio possibile," mi aveva detto mia madre che avrebbe voluto occuparsene di più. Isabella non gliela lasciava quasi mai.

"Chissà, forse pensa che non ci so fare," mi diceva ferita.

"O forse vuole solo dimostrarci di saperci fare lei, mamma."

Qualche settimana dopo la nascita eravamo andate a denunciarla all'anagrafe. Anche in quell'occasione ci furono sguardi di curiosità e di commiserazione su Isabella. Ma lei aveva fretta di tornare a casa dalla bambina, non parve notarli. Chiamò la figlia Maria Salvación.

Nelle mattine in cui non dovevo lavorare, passeggiavamo le bambine con i nostri nomi incrociati nel parco vicino casa mia o nel giardino di mia madre. Maria Salvación aveva il colorito olivastro, gli occhi neri e le labbra carnose del padre. Così mi aveva garantito Isabella. In effetti la bambina non le assomigliava. Quando sarebbe cresciuta, mia sorella era decisa a raccontarle tutto del padre, dell'Argentina, in modo che Maria Salvación potesse favoleggiare di appartenere a quel paese lontano. In quell'occasione ci ricordammo delle sue fantasie di bambina, del paese di sassi in cui sognava di essere nata, del padre misterioso che nella sua immaginazione infantile portava un cappotto spesso come una coperta. Ci venne in mente il cappotto di Mehmet che languiva nel sacco di plastica, nel mio armadio fuoristagione. Sedute sulla panchina del parco, con le due carrozzine affiancate, valutavamo in silenzio la stranezza di quelle coincidenze.

"Se volessi partire, non ora, quando la bambina sarà un po' cresciuta, partire solo per un viaggio breve, tu potresti tenerla, vero?" mi chiese.

Quale catena di associazioni l'aveva portata al viaggio, mi chiesi.

"Certo, e i miei, te li potrei lasciare se partissi con Marco?"

Si voltò verso di me stupita.

"A me? Ti fideresti?"

"Certo. Perché no?"

Forse intuì che con la mia domanda volevo scacciare la sua. Tacque per un po'. La mia bambina si era svegliata; la voltai su un fianco e lei mi sorrise con la bocca di Marco e lo sguardo di mia sorella. Sembrava figlia loro.

"Se dovesse succedermi qualcosa, prenderai la bambina con te, vero?" mi chiese all'improvviso.

"Ancora questa storia!" dissi con rabbia, sedendomi di nuovo accanto a lei.

Mi sorrise scuotendo la testa.

"Scusami, è una cretinata. In realtà non ci penso mai. Qualche volta mi viene in mente, così, senza volerlo. Voglio cercarmi un lavoro vero e una casa. Forse sarebbe meglio cercarla vicino a mamma, così potrei lasciarle Maria Salvación per andare a lavorare, cosa dici? Dopo l'estate mi darò da fare per trovare un lavoro, qualsiasi lavoro."

"Sarebbe meglio se tu avessi un'idea di cosa vuoi fare, magari seguire prima un corso. Nei colloqui, quando si presenta qualcuno e dice 'qualsiasi lavoro' non lo prendono," le risposi brusca.

"Sì, poi mi dirai tu come devo fare," mi disse alzandosi. L'avevo umiliata, ma non volevo tornare indietro. Mi dava i nervi la sua dipendenza da me in tutto.

"E poi perché devi aspettare l'estate?"

Ci incamminammo. Sul vialetto di ghiaia un bambino disegnava una figura mostruosa con un bastoncino di legno. Mi venne in mente Emiliano a scuola; decisi che avrei preso una baby-sitter per la bambina, mi sarei rimessa a lavorare seriamente, mi sarei occupata di più di mio figlio. Dopo la nascita della bambina e il parto di Isabella, l'avevo trascurato.

"Beh, dicevo fino all'estate perché la bambina è ancora così piccola e poi perché ora è difficile trovare qualcosa," mi rispose.

Sentivo l'insicurezza nella sua voce, mi guardava aspettando una risposta, un passo nella sua direzione. Non lo feci.

"Non mi pare che tu abbia molto tempo da perdere."

Non disse nulla. Si fermò un secondo per aggiustare la coperta della bambina. Poi riprese a spingere la carrozzina senza guardarmi.

Come nella moviola di un film vorrei fermare quell'attimo, proprio l'istante in cui tira su la copertina di Maria Salvación. Certo non potrei introdurre altri fatti, la mia immaginazione è scarsa. Lei sarebbe stata capace di fantasticare sulla mia morte, di infischiarsene della realtà anche in quel caso. Avrebbe continuato a parlarmi, a cercarmi in giro per il mondo, diffidando chiunque dal piangermi, non avrebbe costruito altarini di fotografie. Io no. La sequenza di quel giorno per me è chiusa, altro materiale non ce n'è, cambiamenti non se ne possono fare. Però fissando quel gesto potrei forse scoprire altri dettagli: la piega della bocca, l'atteggiamento della mano che sfiora la coperta dopo averla sistemata, l'espressione degli occhi anche se le palpebre li coprono quasi del tutto. Quell'immagine ferma, definita, mi suggerirebbe forse il suo dolore e l'occasione perduta per cancellarlo.

In questa stanza anonima, sul mio tavolo, le sue fotografie si sono moltiplicate. Ora qui vive solo lei, io mi sento morta. Non era questo che volevo. Cercavo un luogo nostro, segreto, come il bosco di bambù, in cui poter vivere insieme ancora per un po'. E invece mi accorgo che è stata un'illusione e che il nostro destino, scritto chissà dove, a cui non ho mai veramente creduto, vuole la morte di una di noi.

Ieri ho detto al padrone di casa che lascerò la stanza alla fine del mese. Mi costa davvero troppo, devo pensare a Emiliano, a Isabella, a Maria Salvación e non voglio pesare sulle spalle di Marco. E poi credo che questa decisione a lei farebbe piacere.

1981

21.

Arrivò l'estate. Prima dei mesi del grande caldo, ero riuscita a riorganizzare la mia vita. Marco era spesso fuori, viaggiava al seguito del suo capo, gli stendeva i discorsi, gli interventi tecnici. Guadagnava bene e ogni volta che tornava da un viaggio ci portava dei regali. Era stato in America, in Giappone, si entusiasmava di ogni cosa, facendoci racconti di alberghi di lusso, di strade meravigliose scintillanti come luna park. Emiliano lo ascoltava con venerazione. Marco gli regalava i gadget raccolti negli aerei e negli alberghi. Quando Emiliano era sveglio, non osava manifestare il suo amore per la bambina. La sera andava nella stanza di Isabella piccola (così la chiamavamo per distinguerla da mia sorella), la prendeva in braccio e la passeggiava accarezzandola. Le parlava come se fosse già grande. Sognava di portarla nel grande negozio di giocattoli di New York. Certe volte, guardandolo, mi pareva di essermi separata da un primo marito e di averne sposato un altro. Anche il legame diverso che aveva con Emiliano e con la bambina mi confermava quest'illusione. Marco cercava di non fare trapelare differenze nel modo in cui trattava Emiliano rispetto alla sorella, come non volesse fare soffrire il figlio ereditato dal mio primo matrimonio.

Ora aveva con me un modo di fare sicuro, dominava i miei sbalzi di umore. Se aveva voglia di abbracciarmi o di fare l'amore lo faceva senza tante discussioni e preamboli. Avevamo assunto una donna fissa per l'estate, ma lui contava di confermarla anche dopo. E per poterla ospitare, ogni domenica guardava sul giornale gli annunci delle case in vendita e faceva piani finanziari, come se la nostra famiglia fosse diventata una banca. Io lo prendevo in giro, ma quell'atteggiamento sicuro su tutto rassicurava anche me.

La sera discutevamo di politica. Ero sempre io a provocarlo. Le nostre posizioni si erano rovesciate. In poco tempo lui aveva rivalutato i vantaggi del capitalismo, mentre io ora ne vedevo tutti i mali. Parlando, come al solito, esasperavamo le nostre posizioni. Nella discussione passava qualcosa di molto personale che in tutta la nostra vita non eravamo mai riusciti a verbalizzare, se non applicandoci a litigare su altre questioni. Senza rendercene conto discutevamo sempre, con accanimento, dei nostri sentimenti. La razionalità con cui oggi rivalutava la libera iniziativa economica mi ricordava il modo, altrettanto logico, con cui si accaniva a dimostrare un tempo la superiorità del marxismo. Non ci vedevo una gran differenza, anche se le sue tesi si erano capovolte. In entrambi i casi, nelle parole, nei toni, avvertivo la paura di mettersi allo scoperto. Io gli opponevo la sensibilità, la passione, l'irrazionalità dei comportamenti umani, trascurando oggi come allora, in modo superficiale, "da donnetta", diceva lui a ragione, qualsiasi pensiero sistematico.

Anni prima sostenevo l'inadeguatezza del suo pensiero politico di fronte alle contraddizioni della vita privata che mi parevano contare molto di più, oggi combattevo la sua nuova visione individualista in nome della giustizia e della morale collettiva. Nei due casi cercavo di suscitargli qualche dubbio, qualche turbamento. Ma alla fine di quelle discussioni eravamo sfiniti e ancora più lontani l'uno dall'altra di quando avevamo incominciato a parlare.

C'erano dei momenti tra noi, non programmati, brevi, in cui ci sentivamo uniti dalla stessa storia, da certi gusti, musiche, ironie. Il nostro matrimonio reggeva su quei momenti e sulla furia con cui continuavamo ad affrontarci.

Mimì si era sposato e aveva cambiato lavoro. Il mio capo mi aveva proposto, dopo l'estate, di coordinare tutte le ricerche dello studio. Mi pagava ancora poco, ma avevo accettato perché speravo che quest'incarico mi aprisse qualche nuova occasione. Dopo l'estate, dopo l'estate. Quell'anno che non posso dimenticare, tutto sembrava rinviato a dopo l'estate.

Isabella non riuscì a trovare un lavoro. Avevo la certezza che non l'avesse cercato veramente, ma in ogni caso, con la bambina così piccola, era difficile. Dopo quella conversazione al parco, a poco a poco, ci eravamo allontanate di nuovo. Ci evitavamo. Lei per paura di subire un interrogatorio sul suo futuro. Io per proteggere la mia vita con Marco e i bambini, il mio lavoro. Ma forse avevamo semplicemente paura di guardarci negli occhi.

Quel periodo fu l'unico in cui ci vergognavamo, quando eravamo insieme, di essere così diverse. Per la prima volta percepivamo la differenza tra noi come un ostacolo. Avevo sempre considerato la sua natura come un'altra faccia della mia. Talvolta ci eravamo scontrate, ma ognuna combatteva con passione un'altra se stessa. Ora la sua vaghezza, lo spaesamento, l'incapacità di prendere in mano la sua vita, mi facevano vergognare della mia. Odiavo l'idea di essere una vincente, una inserita; e lei mi ci faceva sentire. Ci vedevamo poco e la lontananza esasperava, come nelle discussioni con Marco, i nostri atteggiamenti.

Andavamo ancora la domenica a casa di mia madre. C'era poco tempo per stare insieme perché le bambine mangiavano e piangevano a orari diversi, ed Emiliano richiedeva anche lui un po' di attenzione. Qualche volta, quando Marco lo portava a giocare a pallone, e le due bambine si erano miracolosamente addormentate, ci succedeva di sederci con mia madre in giardino, su una panchina all'ombra di un albero di mandarini selvatici. Io e mia madre parlavamo di cose pratiche: bambini, soldi, vacanze. Isabella taceva. Maria Salvación dormiva in una cesta accanto a lei. Non la lasciava mai da sola in una stanza.

"Ha paura. Anche se dorme, sente che sono qui accanto a lei," diceva a mia madre.

"L'abitui male, non potrai sempre starle accanto," le rispondeva lei invariabilmente.

"Avrà tempo per abituarsi alla mia assenza," sussurrava Isabella.

Mentre io e mia madre discutevamo, Isabella riordinava su un album le fotografie scattate nei suoi viaggi, diapositive, cartoline di amici. Ogni tanto si fermava, chiudeva gli occhi e godeva del sole caldo sul viso, del profumo di un fiore più intenso degli altri.

"Cosa ne pensi, Isabella?" le chiedeva talvolta mia madre, urtata dal suo silenzio.

"Va bene," diceva lei tranquilla.

"Cosa va bene?"

"Quello che hai deciso per l'estate e per il resto. Però anche qui si sta bene."

"Ma ti rendi conto il caldo che farà ad agosto! Pensi di tenere la bambina qui con quel caldo?"

"No, mamma, però non ho soldi."

"Io non te li ho chiesti!" le rispondeva mia madre.

Isabella la baciava sulla guancia.
"Grazie, mamma."
In quei momenti mi rendevo conto di quanto fosse cambiata. Dov'erano la sfrontatezza, l'ironia con cui prendeva in giro la drammaticità di mia madre. Mi chiedevo come mai mia madre non se ne rendesse conto. Accettava le sua gratitudine, quella pacatezza nuova, come fosse un traguardo di saggezza. Com'era cambiata anche lei! Io non dicevo niente, non mi inserivo più tra loro. Erano una madre e una figlia non cresciuta del tutto. Io ero solo la sorella. Ero solo la sorella, ragionavo così su di lei. I miei amici e quelli di Marco mi davano ragione.
"Crescendo ognuno ha la sua vita. Io e mia sorella ci vediamo sì e no una volta al mese."
Quelle opinioni di persone esterne alla famiglia mi confortavano. Dimenticavo che non ci eravamo viste per anni, quando lei era in viaggio, e questo non aveva cambiato nulla tra di noi, non ci aveva separate. Ora abitavamo nella stessa città e un muro di incomprensioni ci divideva. Tutta la dolcezza che non riuscivo più a trasmetterle, la riversavo su Maria Salvación. Lei me lo lasciava fare. Ci guardava abbracciate e sorrideva. La bambina mi piaceva molto, era tranquilla e sonnolenta come una lucertola bruna stesa al sole. Tutto il contrario della mia che dormiva poco, si agitava a ogni sollecitazione e rifiutava di mangiare le quantità stabilite. Mi piaceva strofinare la guancia contro la pelle del viso di Maria Salvación, era tesa, liscia e odorosa di un olio di grano con cui Isabella la massaggiava ogni sera. L'aveva visto fare a una donna curda. La bambina si rannicchiava tra il mio collo e la spalla e dormiva subito facendo le fusa come una gattina.

Un pomeriggio di domenica, a casa di mia madre, raccoglievo i giocattoli di Emiliano sparpagliati sul pavimento del corridoio. Emiliano era incollato alla televisione. Marco e mia madre chiacchieravano in salotto. Dalla porta semichiusa della sua stanza la vidi con la bambina in braccio. Passeggiava avanti e indietro cullandola, le accarezzava la testa abbandonata sulla sua spalla.
"In una notte di pioggia e lampi, due bambine, due gocce d'acqua della stessa nuvola, erano ferme sul vetro dov'erano cadute, immobili..." sussurrava all'orecchio della bambina addormentata.
Uno struggimento improvviso mi fece battere il cuore. Ebbi

l'impulso di entrare e annullare con un gesto quella distanza terribile tra noi.

"Ho fretta ora, devo andarmene. Ho perso tutta la giornata qui con loro," pensai, tirandomi su e allontanandomi con i giocattoli in mano.

Mia madre aveva prenotato una pensione in montagna per loro tre. Io e Marco avevamo affittato con degli amici una casa in Corsica. Partirono qualche giorno prima di noi. Le accompagnai alla stazione, erano cariche di valigie e oggetti della bambina. Non c'erano facchini. Isabella lasciò mia madre con Maria Salvación nello scompartimento e prese a caricare le valigie che le passavo da terra. Lavorava con un'abilità e una forza incredibili. Sistemò tutto il bagaglio senza l'aiuto di nessuno. Era contenta e tutta rossa in viso per lo sforzo. Pensai che il treno, il viaggio, la riportavano al suo elemento naturale. Abbracciai mia madre e diedi un bacio alla bambina.

"La piccola argentina va in montagna!" le sussurrai.

Mia madre mi guardò interrogativa. Aveva archiviato da tempo la questione del padre di Maria Salvación.

"Argentina?"

"Le idee geografiche di Maria sono vaghe, mamma," le disse Isabella ridendo.

Nel corridoio del treno ci salutammo. Mi sentivo nervosa, tesa, pentita di non averle proposto di venire con noi.

"Sei sicura che starai bene in montagna?" le chiesi, come se in quel momento ci fosse un'alternativa.

"Certo. E dopo l'estate, ti giuro che risolverò la mia vita. Così tu e Marco mi amerete di nuovo," mi disse con l'ironia di altri tempi. La pagliuzza dorata brillava nell'occhio sinistro.

"Tu devi fare quello che vuoi, Isabella, noi non contiamo."

L'abbracciai.

"Non mi abbandonare," mi sussurrò stringendomi.

Dal finestrino, mentre il treno si allontanava, si teneva i capelli scompigliati dal vento con una mano e con l'altra mi salutava con un gesto spensierato e allegro.

"Non mi abbandonare."

Non le avevo risposto.

Era la mia prima vacanza con Marco e con i bambini. La mia prima vacanza con Marco in assoluto, se si escludono dei fine settimana in branco con gli amici di un tempo, quando Emiliano non era ancora nato.

La coppia con cui avevamo preso la casa in Corsica aveva due bambini come noi, due ragazzine dell'età di Emiliano. Lui era un collega di Marco; ci eravamo scambiati degli inviti a cena e Lisa, la moglie, mi era sembrata simpatica e stanca. Aveva qualche anno meno di me. Non era una perfezionista in fatto di lavori domestici. Nella loro casa ci si sentiva tranquilli. I giocattoli delle bambine giacevano seminati sul pavimento del salotto, libri e giornali vecchi coprivano il tavolo da pranzo senza che lei se ne preoccupasse. Con calma preparava la cena all'ultimo minuto; il marito ci versava da bere e la prendeva in giro per la sua pigrizia senza pensare neanche un secondo ad aiutarla. Lisa cercava di finire l'università, malgrado le bambine, la casa e il marito.

"Ammazzati ma finiscila," le avevo detto quando ci eravamo incontrate. "Sbattersi ogni tanto la porta di casa dietro le spalle, fa bene alla salute."

Mi aveva guardato con gli occhi languidi.

"Sì, quando al mattino Alberto se ne va sbattendo la porta di casa, e ci sono le bambine da vestire e la casa che ti aspetta, è terribile. Gli ho detto se può accostarla delicatamente, ma lui se ne dimentica."

Lisa si perdeva nei dettagli, sedeva a guardare le bambine che giocavano, pensava ai panni da stirare, e rimandava tutto, i lavori di casa e lo studio. Si vestiva e usciva a passeggiare fino all'uscita delle bambine da scuola.

"Non la finirò mai," aveva concluso amaramente.

Avevo cercato di incoraggiarla, ma non possedeva la mia granitica costanza, la mia fredda determinazione. Col tempo il mio cervello era diventato una macchina organizzativa perfetta. Non c'era un attimo in cui non mi suggeriva scadenze, programmi e quando erano finiti quelli della giornata, anticipava le attività del giorno dopo. Il contatto con Lisa era già una vacanza dai miei pensieri.

Partimmo con l'auto carica di bagagli. La filippina per cui Marco voleva cambiare casa sedeva tra i due bambini e i bagagli che non erano entrati nel cofano. Si chiamava Naty e anche lei, come Lisa, se la prendeva comoda, non si agitava mai. Cantava in inglese nenie soporifere alla bambina, ipnotizzava Emiliano raccontandogli le favole col tono di voce sempre uguale, sia quando Cappuccetto rosso correva dietro alle farfalle, sia quando il lupo mangiava la nonna. Sarebbe stata una vacanza tranquilla.

Ci mettemmo quasi una settimana per installarci in casa, adattarci alle rispettive abitudini, agli orari, ai caratteri. Il problema centrale di quella vacanza si rivelò invece fin dal primo giorno. Tutto era molto più caro del previsto. Fino a quel momento non ci eravamo mai sentiti poveri. Quando abitavamo a San Lorenzo, non avevamo bisogno di molto e mi divertiva farci bastare i soldi della cassa comune. E poi nessuno dei nostri amici aveva una lira. Più tardi, nella mia vita solitaria con Emiliano, riuscivo anche a risparmiare qualcosa. Negli ultimi tempi, con i nuovi incarichi di Marco e il mio stipendio, ci sembrava di essere diventati ricchi.

In quella vacanza il denaro divenne un incubo. Avevamo costituito una cassa comune che doveva bastarci per tutto il mese. Il primo giorno, ignare, Lisa e io eravamo andate a fare la spesa e avevamo riempito il frigorifero. La mattina dopo, sulla terrazza, davanti alle tazze della colazione, e con i bambini che frignavano perché volevano andare al mare, ci accorgemmo che nel giro di qualche giorno i soldi della vacanza sarebbero finiti. Naty si caricò i bambini senza protestare e se ne andò in spiaggia. Noi quattro rimanemmo a fare i conti e a elucubrare possibili soluzioni. Assegni non se ne potevano cambiare e comunque, per affittare la casa e per il viaggio, avevamo dato fondo ai nostri risparmi. Dopo qualche imbarazzo, i nostri amici dovettero confessare che la loro situazione era identica alla nostra. Non rimase altra soluzione che contattare amici e parenti e farci inviare dei soldi. In qualche modo li avremmo restituiti al ritorno.

Mia madre e mia sorella furono le prime a cui telefonammo per chiedere aiuto. Isabella era scoppiata a ridere al telefono.

"Ma certo! Lo dico a mamma. Quanto vi serve? I soldi ci bastano e avanzano, qui non c'è niente da fare. Andiamo nei prati a passeggiare, quando non piove."

Ripensavo alla nostra vacanza in Grecia, alla mia ostilità nei suoi confronti. La sua risata al telefono era stata così complice e leggera. Perché non le avevo detto di venire con noi?

Con un caldo torrido cominciammo a passare le mattinate all'ufficio postale ad aspettare i vaglia. Ogni volta che arrivavano, a noi o a loro, festeggiavamo affittando una barca, comprando chili di pesce o andando al ristorante. Dopo qualche giorno ci accorgevamo che la cassa si era di nuovo svuotata.

La notte discutevo con Marco sui soldi, su quanti ce ne volevano per vivere, sulla nostra incapacità ad amministrarci.

"Quando torniamo da questa vacanza maledetta, si cambia tutto!" sbraitava Marco.

Io lo zittivo e per un po' parlavamo a bassa voce. Fino a che, dalla camera adiacente, arrivavano le urla di Alberto. La voce calma di Lisa si alzava invariabilmente nel silenzio che seguiva.

"Alberto non fare così, siamo in vacanza!"

"Cosa vuoi cambiare?" chiedevo carica di rabbia a Marco.

"Le tue smanie di povertà! Accetterò qualsiasi lavoro, capito! Anche se devo lavorare venti ore al giorno e vivere sugli aerei!"

Chiudevamo la luce e restavamo in silenzio, ai due bordi del letto, attenti a non toccarci.

In quei minuti lunghissimi prima di addormentarci, tutta la mia vita passata mi scorreva davanti agli occhi, come se quella vacanza segnasse un cambiamento sostanziale tra un prima e un dopo. Non riuscivo a capire in cosa consistesse esattamente quel mutamento, cosa fosse cambiato, quando e perché la nostra vita fosse diventata all'improvviso così complicata, di cosa avessimo bisogno più di allora.

Una notte sognai di essermi persa in un mare piatto come un lago, su una barchetta senza remi. Il cielo era coperto di rondini nere che volavano basse sulla mia testa. All'orizzonte spuntava un'isola lontana, irraggiungibile. Uno sciabordio d'acqua mi faceva voltare verso la prua. Mehmet era seduto con le gambe accavallate, elegante e sorridente nel suo cappotto militare, sembrava il comandante di una nave naufragata.

"Bisogna mangiare poco, Maria, abituarsi a quando il cibo manca. Nell'isola mia moglie penserà a noi."

Il fiato di Marco sul mio viso fece sparire Mehmet e la sua isola. Il corpo di Marco era caldo di sole. Mi baciava e mi accarezzava dopo notti di lontananza. D'un tratto mi resi conto che mi abbracciava nel sonno, in un sogno che non condividevo.

"Amore mio, perdonami. Isabella, Isabella!" sussurrò.

Nel buio, con il suo corpo immobile sul mio, il suo respiro sul collo, cercavo di precisare il suono di quelle parole. Forse le avevo sognate. No, Marco le aveva pronunciate, anche se in sogno. In sogno si è liberi di intrecciare il proprio destino con quello di chiunque, pensai. Tante volte avevamo scherzato sul fatto che all'inizio, a quella festa, gli eravamo piaciute tutt'e due. Normale, io sognavo Mehmet e lui mia sorella. E poi d'un tratto mi colpì un pensiero più forte degli altri, più convincente. Quando Isabella era tornata, lui era così felice, così dolce con lei, così comprensivo. Per un periodo eravamo stati insieme tutti e tre, e lui era stato perfetto. All'improvviso era cambiato. Isabella aveva smesso di essere la sua vera sorellina, era diventata la mia sorella scombinata, un pericolo per la nostra vita coniugale. In un primo tempo si erano specchiati l'uno nell'altra, avevano messo in comune la loro fragilità, lo spaesamento da esuli tornati in patria. Una comunanza che qualche volta mi aveva escluso. E poi Marco se ne era allontanato, forse perché ora Isabella gli rinviava un'immagine di sé da dimenticare. E se tra questi due sentimenti ci fosse stato un fatto, qualcosa che non avevo saputo immaginare? Il cambiamento di Marco nei suoi confronti mi apparve all'improvviso troppo brusco, immotivato.

Non osavo svegliarlo, non era nella mia natura agire d'impulso. Dovevo ragionarci su e poi a freddo, forse, gli avrei chiesto. Spinsi il suo corpo lontano dal mio. Si voltò dall'altra parte senza svegliarsi. In quel momento lo odiavo.

"Marco!" lo chiamai all'improvviso a voce forte.

Sospirò, balbettò qualcosa, si riaddormentò.

Accesi la luce, lo chiamai di nuovo. Si tirò su a sedere spaventato, mi guardava smarrito.

"Che c'è? Stai male?"

Il mio tono di voce era tagliente, sicuro. Senza rendermene conto, nei minuti di silenzio, la mia mente aveva lavorato alla frase da dire.

"Marco, non credo che possiamo più vivere insieme senza parlare di Isabella, di lei e di te."

Mi fissava seduto nel letto. Nel suo sguardo vidi passare, uno dopo l'altro, gli individui diversi che convivevano nel suo corpo. Li conoscevo bene, tranne uno. Ora volevo incontrarlo, e sperai intensamente che non si rifiutasse.

"Non c'è nulla di cui parlare."

Aveva distolto lo sguardo. Forse eravamo ancora in tempo, potevamo chiudere la luce e rimetterci a dormire.

"Credo che dovresti parlarmene comunque," gli dissi dolcemente, senza energia.

"Non c'è nulla di cui parlare," ripeté come un bambino cocciuto.

Restammo in silenzio per un po'; lui si accese una sigaretta.

"È difficile parlare con te!" sbottò all'improvviso. "Vuoi sapere le cose e poi ti arrabbi."

“Hai paura di me?”

Fumava senza guardarmi.

“Per questo ti trovavi meglio con lei. Quante volte vi siete visti?”

“Quante volte! Stavamo sempre tutti e tre insieme, quante volte vuoi che ci siamo visti!”

Di nuovo tacque. Lo lasciai tacere.

“Ci siamo trovati da soli in casa una volta. Tu eri andata a prendere Emiliano.”

Parlava senza guardarmi. La voce dolce, arresa, era dell’uomo che non conoscevo, quello che si era aperto a lei. Provai una fitta di gelosia.

“Una sera sono tornato a casa, era sola, leggeva un libro in salotto. Quando mi ha visto, mi ha sorriso, come se mi stesse aspettando. Era veramente contenta che fossi arrivato in quel momento. Mi ha sorriso in modo così aperto, privo di difese. Non so cosa mi è preso. Ho avuto la sensazione all’improvviso che anche io l’aspettavo. Mi è venuta voglia di abbracciarla. Non ho pensato a nulla. Ci siamo dati un bacio, o forse più di uno. Mi pareva di baciare te, tanti anni fa, all’uscita di scuola, quando ti aspettavo.”

Ora che ne parlava, non riuscivo a crederci. Come prima, quando aveva mormorato il suo nome nel sogno, cercavo di associare il suono delle parole al loro senso.

“Poi ho sentito le vostre voci all’ingresso. La tua e quella di Emiliano. Lei si è allontanata, vi è venuta incontro, come se non fosse accaduto niente. Sono rimasto solo. Mi sono visto in mezzo al salotto, a baciare la sorella di mia moglie. Mi ha ricordato la sensazione dei processi, quando ti leggono quei verbali che sintetizzano con frasi ridicole la tua vita.”

Spense la sigaretta. Ora mi guardava, aveva finito, aspettava la mia reazione.

“Questo è tutto. Certe volte mi chiedo se sia vermente accaduto. Non ne abbiamo parlato mai più.”

Presi una sigaretta, mi tremavano le mani. Sperai che non si aspettasse una riconciliazione immediata. Avrei voluto spegnere la luce, che si riaddormentasse e mi lasciasse in pace a ricostruire quel giorno e i successivi. Davanti agli occhi avevo il viso di Isabella.

“E dopo hai avuto paura che lei me ne parlasse, per questo l’hai allontanata, non volevi che stessimo più insieme. ‘Vuole scombinare la nostra vita’, mi dicevi. Era questo che intendevi dire?”

Scosse la testa. Mi parve ci stesse pensando per la prima volta.

“No, o forse senza rendermene conto. Certe volte ho pensato

che te ne avrebbe parlato, ma la cosa non mi faceva paura come pensi. Non mi sentivo in colpa verso di te."

Ora provavo una grande stanchezza, avrei voluto dirgli di tacere, ma lui era sveglio e voleva parlare ancora.

"Erano tanti anni che non c'erano momenti di verità tra noi. Spesso pensavo: perché Maria è tornata con me? Perché ha voluto questo bambino? Poi ti guardavo mentre organizzavi con la stessa energia di sempre la nostra vita, il nostro matrimonio, il bambino. Che diritto avevo di fare il guastafeste un'altra volta? Così mi piegavo alla tua volontà, avevo avuto torto su tante cose, ora dovevo darti ragione. Ma non ho mai sentito un solo momento che mi amavi. Quando è tornata Isabella, tutto ha cominciato a funzionare meglio tra noi. Ti ricordi, quella volta che aspettavamo i nostri amici a cena. Lei era seduta tra di noi, ha preso le nostre mani. Tu eri così dolce e comprensiva con me quando c'era lei. Poi è successa quella cosa. Non so perché lei mi abbia abbracciato quella sera, forse per la stessa ragione per cui ho avuto desiderio di farlo io, o forse no. Non credo di avere mai capito bene tua sorella. Ho sempre sentito che era diversa da noi due, dalle persone che conoscevo, ma non sono mai stato capace di comprenderla fino in fondo. Quel pomeriggio, quando lei vi è venuta incontro e mi ha lasciato solo nel salotto, ho realizzato che il periodo in cui eravamo stati tutti e tre insieme era finito, era stato solo uno strascico della nostra giovinezza."

"Devi averla sognata questa notte, la chiamavi, le chiedevi perdono," gli dissi dopo un lungo silenzio.

Mi guardò un attimo perplesso.

"Davvero? Non me lo ricordo."

Mi fissava in attesa. Ma io non sapevo cosa aggiungere. Tutto quello che mi aveva detto era sensato, ci aveva ragionato da solo, era arrivato a quelle conclusioni. Ma io restavo indietro, ferma al momento in cui si erano abbracciati e lui l'aveva baciata come baciava me all'uscita di scuola. Questa immagine mi era insopportabile.

"Marco, io non lo voglio questo nostro nuovo matrimonio da vecchi. Ti voglio lasciare, anche se abbiamo la bambina piccola, anche se Emiliano soffrirà di nuovo. Dovevo farlo quando sei tornato, hai ragione," gli dissi alla fine.

I suoi occhi si riempirono di lacrime. Non parlava, scuoteva la testa e piangeva in silenzio. Chiusi la luce. Lo udivo singhiozzare seduto al buio. Poi si stese nel letto e a poco a poco il suo respiro prese l'andamento regolare del sonno. Pensai a come sarebbe stata la sua vita senza di me e i bambini. Si sarebbe cercato una casa. I primi tempi avrebbe lavorato tutta la giornata, la sera sarebbe passato dai genitori a cena, i fine settimana ci sarebbe andato con i bambini. Poi avrebbe incontrato un'altra donna. Non provavo gelosia se immaginavo un suo nuovo amore, tra qualche tempo. Ma l'idea della mia vita senza di lui mi faceva soffrire. Mi pareva impossibile separarmi dal sogno di una vita coniugale con Marco. Tutti quegli anni avevo lottato per realizzarlo, fino a convincere anche lui. E poi quel pomeriggio, lei gli aveva sorriso e si erano abbracciati, tutto qui. In tanti anni non avevo saputo fare quella cosa semplicissima, sorridergli quando tornava a casa. Provai a immaginarli insieme, senza di me. Mi tornarono in mente gli anni in cui Marco era partito e viveva a Napoli con quella ragazza. L'abbraccio clandestino tra Marco e mia sorella mi suscitava lo stesso sentimento di invidia e di esclusione. Dovevo parlare con Isabella a tutti i costi. Capire perché lo aveva fatto, chiarire i suoi sentimenti verso di me una volta per tutte. E se non ci poteva essere verità, ci saremmo lasciate definitivamente. Ognuna per la sua strada, anche con lei. Avrei ricominciato la mia vita da sola.

Mi alzai silenziosamente e andai nel salotto. Inciampai sulle ciambelle e sui giocattoli dei bambini. Strappai un foglio dal quaderno dei disegni di Emiliano, le scrissi una lettera.

22.

Tra le carte di Isabella non ho ritrovato la mia lettera. L'avrà gettata subito dopo averla ricevuta. Ho invece conservato per tutti questi anni la sua risposta, anche se mi fa male ogni volta che la rileggo. Solo due linee su una pagina a quadretti, ma la violenza è nuova, segna la separazione definitiva tra noi. Leggendola mi vengono in mente i toni paternalistici e fintamente superiori della mia lettera. Non le scrivevo della mia gelosia, dei miei sentimenti, non le chiedevo ragione del suo comportamento. La trattavo come una derelitta a cui dicevo: "Stai lontana da me, puzzi, mi fai schifo".

Tormento con le mie interpretazioni le sue parole sbiadite sulla carta, come faccio con i lineamenti sfuggenti delle fotografie. Ma la forza di quelle parole mi inchioda ogni volta.

"Mi hai vomitato all'angolo di un marciapiede sporco, Maria. In quel miscuglio nauseante hai vomitato anche te stessa. Lasciami in quell'angolo, non ci sto male. Tua sorella."

Queste frasi arrivarono il giorno prima della nostra partenza dalla Corsica. Sulla busta la data indicava che la lettera era stata impostata quindici giorni prima. Telefonai a mia madre, non l'avevo più chiamata dopo quella notte. Indirettamente volevo sapere di Isabella, della bambina. Al centralino dell'albergo specificai che volevo mia madre e non mia sorella. Dopo un po' udii la voce di mia madre e quella di Maria Salvación che le frignava accanto.

"Scusa, Maria, ci ho messo un po' a scendere. Eravamo in camera e questa mascalzona non vuole stare sola neanche un secondo. Lo sai come l'ha abituata tua sorella," mi disse col fiatone.

"Come state?" balbettai.
"Bene. Ma tu? Hai una voce strana."
"No, sono solo stanca. Ho fatto le valigie e fa caldo. Voi quando tornate?"
"Io, vuoi dire. Isabella mi ha lasciato la bambina per qualche giorno. È andata al mare. Noi torniamo domani e lei ci raggiunge dalla Sardegna il giorno dopo."
"È andata in Sardegna?" le chiesi. Non so perché ma mi sentii raggelare.
"Sì, qualche giorno fa. Non ho potuto negarglielo. Qui è stato veramente noioso, un tempo terribile e tutti vecchi. Qualche giorno di mare le farà bene. Le ho detto perché non veniva da voi, ma lei non ha voluto. È andata con degli amici, la chiamavano qui qualche volta."
"Ti vengo a prendere domani alla stazione," le dissi prima di riattaccare.
Dall'altro lato della stanza Marco mi guardava con la bambina in braccio. Mi aveva chiesto di leggere il biglietto di Isabella, glielo avevo negato. Nei giorni seguenti la nostra conversazione notturna, ci eravamo riappacificati e scontrati altre volte. Rientravamo in città senza avere preso decisioni sul nostro futuro.
"Cosa è successo?" mi domandò.
"Non è successo niente, perché?"
"Hai una faccia strana. Stanno bene?"
Gli presi dalle braccia la bambina.
"Sì, benissimo. Isabella è andata al mare con degli amici. Mamma torna domani."

Durante il viaggio di ritorno ripensai al suo biglietto. Mi sentivo piena di rabbia contro di lei, avevo almeno il diritto di chiederle una spiegazione! Ma lei non me l'aveva data, come al solito. Meglio così, avevamo bisogno di staccarci l'una dall'altra, di diventare persone adulte, due sorelle normali. E poi, col tempo, ne avremmo riparlato.
In casa l'odore di polvere, di caldo estivo accumulato sulle pareti e sui mobili, mi diede una sensazione di felicità ritrovata. Emiliano corse dai suoi giocattoli. Naty mise la bambina sul seggiolone e iniziò a prepararle la cena. Marco leggeva la posta, io disfacevo le valigie.
Non c'era fretta. Avevamo tutto il tempo di decidere del nostro

matrimonio, di capire, con calma. Separavo velocemente la roba sporca da quella pulita, i costumi da bagno, gli accappatoi.

Alla fine, dopo quella notte, non era stata male la vacanza. Con la separazione che ci pendeva sulla testa, avevamo fatto l'amore ogni sera. Era stato bello anche tormentarci, essere gelosi l'uno dell'altra. Cos'era successo in fondo tra Marco e Isabella, non molto. Sarebbe potuto accadere anche a me, con un ipotetico fratello di Marco. Nelle famiglie i sentimenti si contaminano. L'aveva baciata pensando al nostro amore giovanile. In realtà lui non l'aveva mai capita, mai veramente amata. Forse neanche io. Era stato un fardello, me ne rendevo conto. Fin da quando eravamo bambine mi ero caricata le sue follie. Mi aveva coinvolto nei suoi pensieri, nelle sue pazzie. E lei aveva sempre fatto quello che voleva. Era partita e io ero rimasta ad accudire mio padre morente, mia madre. Ero andata a cercarla in quell'isola sperduta della Grecia, lasciando il bambino. Quando era tornata, l'avevo aiutata, avevo visto nascere la sua bambina. E lei mi aveva mai ricambiato? Sì, in quel modo.

Misi le valigie vuote nella parte alta dell'armadio, tra i vestiti invernali. Era stracolmo di abiti vecchi che non mettevamo più. Dovevo decidermi a regalarli. A chi? I miei li davano ai poveri della parrocchia. Qualche volta, quelli in miglior stato, li regalavano alla nostra cameriera. Il portiere, mi ricordai, raccoglieva la roba usata del palazzo in uno scantinato. Ma tutta la casa era troppo piccola, non ci conteneva più, aveva ragione Marco, bisognava cambiarla. Sfiorai con la mano il sacco di plastica dov'era racchiuso il cappotto di Mehmet. Era grosso e lungo, occupava troppo posto. Insensato era stato conservarlo tutto quel tempo. Presi la scala, lo tirai giù. D'un tratto decisi di fare ordine negli armadi. Gettavo a terra, in una furia di pulizia e ordine, pullover, vestiti vecchi, pantaloni.

"Cosa fai?" mi chiese Marco allibito, fissando la montagna di abiti a terra, accanto alla scala.

"Faccio ordine. Conserviamo tutto, è pazzesco!"

"Ma lo devi fare proprio ora, non sei stanca?"

"No. Domani non avrò tempo, devo andare a lavorare."

Marco mi fissò ancora per un attimo, poi andò in salotto a fare delle telefonate.

Piegai in quattro il cappotto di Mehmet e lo infilai in un grande sacco di plastica, insieme agli abiti vecchi. Più tardi, quando Naty se ne sarebbe andata, le avrei detto di portare giù il sacco, di darlo al portiere.

La telefonata arrivò quando i bambini dormivano e io mi stavo spogliando per andare a letto. Marco parlava a bassa voce, lunghi silenzi, risposte brevi. Il suo lavoro è già ripartito, pensai. Ora aveva riattaccato ma non veniva, forse si era messo a leggere in salotto. Poi udii il suo passo che si avvicinava, il cigolio tenue della porta. Fermo sulla soglia, pallido, non riusciva a guardarmi.

"Chi era?"

"Maria," sussurrò, avvicinandosi con le braccia tese come volesse abbracciarmi.

L'attimo felice in cui non si sa ancora, non si capisce e il corpo è solo con la verità, si rifiuta di trasmetterla alla mente.

"Cosa?"

"Isabella, Maria, un incidente. Devi partire," mi disse abbracciandomi.

Non ero in grado di comprendere quelle parole, mi sforzavo ma era inutile. Mi liberai dal suo abbraccio.

"Non ho capito, Marco."

"Sono usciti in mare con un tempo da pazzi. Poco prima di arrivare la barca si è rovesciata. Gli altri ce l'hanno fatta a raggiungere il porto, lei no."

Parole inutili per descrivere l'orrore, appigli. Lei non ne aveva trovati.

Chiusi gli occhi, m'inabissavo con lei. L'attimo in cui era ancora viva, il piccolo prezioso spazio di mare, l'ultimo infinitesimale pensiero, la mano, il piede, uno sguardo ancora umano intorno. Ferocia, paura, terra sfocata, indifferente, un urlo muto. Silenzio. Nuota dentro di sé. Il corpo ora è pesce, alga, roccia, sabbia. Sorella mia.

1994

23.

Com'era tranquillo ora il mare. Il caicco fendeva con delicatezza l'acqua calma e trasparente. Il capitano lo guidava con una mano sola, di tanto in tanto mi lanciava degli sguardi e sorrideva sotto i baffi spioventi. Il marinaio, dritto a prua, controllava il fondale. Marco ci aveva svegliati alle sei per assistere all'entrata nel golfo delle rovine sommerse. I ragazzi dormivano ancora, appoggiati gli uni agli altri sul tetto della cabina, le gambe nude sotto le magliette sgualcite, fingevano di ascoltarlo. Avevamo la testa piena di spiegazioni archeologiche sui siti della Licia visitati il giorno prima, e le ossa rotte per la traversata in un mare scosso da un meltémi inesorabile. Era stata una vendetta del nostro capitano. Il giorno prima, Marco aveva voluto salpare a tutti i costi per il golfo di Kekova, e il turco l'aveva accontentato. I ragazzi si erano svegliati a turno per vomitare. Io avevo passato la notte a battere i denti dalla paura. Ora lui se la rideva e Marco lo ignorava, leggeva la guida a voce alta, non aveva fatto altro dall'inizio del viaggio.

"Tra poco vedrete alla vostra destra tracce della città sommersa, una grandissima città, a giudicare dai resti. In che secolo siamo?" chiese al suo uditorio addormentato.

Maria Salvación aprì gli occhi lentamente.

"Ottavo secolo avanti Cristo," rispose sorridendo, come per scusarsi della distrazione. I denti bianchissimi le illuminavano il viso coperto da uno strato uniforme di abbronzatura. La sua maglietta era candida, al contrario di quella dei cugini, i capelli neri, lisci e spessi, erano legati in una lunga, impeccabile treccia, fermata da un nastrino celeste. Teneva le gambe incrociate con grazia al petto già cresciuto.

“Brava!” le disse Marco soddisfatto, riprendendo a leggere.

Gli occhi di Isabella, sdraiata accanto a lei, si aprirono a molla sotto una massa di capelli sottili, aggrovigliati. Avevo cercato inutilmente di convincerla a lavarseli e a passarci la spazzola. Dondolava le gambe magre, rosse sopra e bianche sotto, vicino al volto di Emiliano, prendeva a calci l’aria. Prevedevo una rissa di lì a poco. Distolsi lo sguardo dalla pianta dei piedi nera di catrame. Forse con la pietra pomice, pensai, un duro lavoro.

“Com’è brava questa bambina!” sussurrò alla cugina, imitando la voce del padre. “Sei una codarda, muori dalla voglia di farti un bagno, ma non lo diresti mai per non deluderlo.” Fissava il padre con astio. “Bisogna farlo smettere in qualche modo.”

Puntuale arrivò l’urlo di Emiliano colpito dal piede della sorella. Si diedero un pugno a testa. Maria Salvación si spostò graziosamente all’altro lato del tetto. Marco guardava i figli in silenzio; loro ammutolirono e smisero istantaneamente di litigare.

“Secondo voi perché un tempo seppellivano i morti sotto lo scafo rovesciato di una barca?” chiese loro.

Era una tecnica vincente, pensai, inchiodarli col silenzio alla loro bestialità. Com’era importante a quell’età avere un uomo accanto.

“Non sapevano ancora costruire le tombe,” rispose subito Emiliano. La voce da uomo contrastava con l’espressione ingenua del viso. Crescendo aveva perso la saggezza di quando era piccolo, con l’età si erano ristabiliti i ruoli tra lui e il padre.

“Può essere,” disse Marco.

Isabella scoppiò a ridere, spalancando la bocca come avesse ingoiato un boccone troppo grande e stesse per soffocare.

“ Che scemo!”

Fratello e sorella si scontravano continuamente; c’era tra loro un legame forte, basato sul conflitto e la gelosia che ricordava talvolta quello tra me e Marco.

“Forse era un modo di onorare i marinai, li seppellivano con la loro barca,” disse Maria Salvación, avvolgendo intorno al dito un ricciolo sfuggito alla treccia.

Isabella si puliva con la mano gli interstizi tra le dita dei piedi.

“Non li lasciavano liberi neanche da morti, non volevano che prendessero il largo e si allontanassero dai vivi, per questo la barca era rovesciata,” gettò lì senza guardare il padre.

"Poetico," disse Marco con ironia.

Non le concedeva nulla. Da piccola era la sua prediletta, ora temeva la sua fantasia, il modo che aveva di sognare a occhi aperti, di costruirsi un mondo alternativo al nostro.

Una sera, dopo che l'aveva punita perché era stata sospesa da scuola (si era disegnata sulle gambe nude una scia di sangue con il rossetto rubato dalla borsa della maestra), avevamo dato il via a una delle nostre eterne discussioni. Dalla mascalzonata di Isabella, eravamo passati come al solito ad analizzare tutto lo scibile umano.

"Secondo me le peggiori barbarie nascono dalle utopie. Non vedere la realtà, le conseguenze delle proprie azioni sulla realtà. Voler imporre il proprio sogno. Io sono sempre diffidente verso quelli che vogliono costruire altri mondi da quello che abbiamo sotto gli occhi," dichiarò alla fine. Ora più che parlare, faceva comizi, come tanti anni prima.

Questo è il mio terzo marito, pensai.

"Almeno con la fantasia ci permetterai di andare fuori di testa qualche volta!"

Mi aveva guardato furente.

"Con te è impossibile discutere, Maria. Non è di questo che stavamo parlando. Tu vuoi fare il poeta a tutti i costi, fare passare me per un ottuso realista."

"Sei tu che ti metti in questo ruolo."

E ricominciavamo tutto da capo.

Guardavo mia figlia. Si puliva i piedi, indifferente al giudizio del padre. Maria Salvación le pettinava i capelli arruffati con le mani. A lei lo permetteva. Le due ragazze si amavano in un mondo loro, da cui noi eravamo esclusi. Certe volte, la sera, quando uscivo dalla loro stanza dopo averle salutate, udivo frammenti di storie sussurrate, avventure terribili, e mi auguravo fossero solo fantasie. Chiudevo la porta e mi allontanavo rapidamente per non carpire quei segreti.

Il caicco si avvicinava alla punta. Si vedevano le rovine del teatro tagliato nella roccia, circondato da innumerevoli tombe, usate dai locali per sostenere le loro abitazioni, per raccogliere l'acqua piovana.

Prendere il largo almeno con la fantasia, almeno da morti.

Fantasia e morte. Da tempo per me queste due parole erano legate, da tredici anni.

Il marinaio aveva gettato l'ancora. Uno dopo l'altro, i tre ragazzi si sfilarono le magliette, si gettarono con tuffi acrobatici nell'acqua trasparente. Li vedevo nuotare come pesci nel fondo del mare tra i portali, le gradinate, le cisterne della città sommersa.

Sì, l'importante era tenerli accanto ai vivi, legati a noi.

O forse no, lasciarli finalmente liberi.

Stampa Grafica Sipiel
Milano, settembre 1998